KB082233

십이지신과 셜록 수사대

제 1권 신들의 후예

십이지신과 설록 수사대

제 1권 신들의 후예

김태윤 지음

BOOKK

대한민국의 노래로

　　대한민국의 음식으로

　　　대한민국의 이야기로

　지구촌의 한 가족인 한국인의 정체성이 온 누리에 전해지길 바라며...

　대한민국은 반만년의 오랜 역사를 가진 나라입니다. 우리가 사는 한반도에는 한국인의 문화와 수많은 이야기가 공존하고 있습니다.
　저는 한국인의 삶과 이야기를 세계에 전하여 한국인의 정체성을 알리고, 이것을 통해 지구 안에서 새로운 문화를 창조하는 일에 작은 힘이라도 보태고 싶습니다.
　하지만 제가 품고 있는 꿈의 크기에 비해 저의 재능이 미약하여 부끄럽습니다. 자신이 없고, 무모해 보이지만, 도전하고 싶습니다. 저의 바람을 담아 발자국을 남기겠습니다.

　　　　　　　　　　　　　　　　2022년 2월 21일 11시 42분
　　　　　　　　　　　　　　　　　　　기도하는 마음으로

차
례

1부

신들의 세계는 끝나고

제1화 신의 도시, 신시

아득~한 옛~날
신시 안, 하늘님의 처소

하늘님 운사이옵니다. 우사, 풍백과 함께 대령하였습니다.

풍백, 운사, 우사.

이들은, 하늘님이 하늘나라에서 인간 세상으로 내려왔을 때, 함께 왔던 신하들이다. 하늘님은 이들과 함께, 인간 세상을 살피며, 비옥한 곳을 찾아, 사람들이 편안하게 살 곳을 만들었다.
하늘님은 이곳을 '신시'라 명했다.

운사는 키가 크다. 그 키로 인에, 어느 곳에서도 운사를 찾는 것은 어렵지 않다. 어린 시절, 하늘나라에서 술래잡기를 하면, 큰 키 때문에 제일 먼저 술래에게 잡히곤 했다. 함박눈처럼 하얗고 두툼하게 이어진 긴 눈썹, 인자한 미소, 한없이 자애로운 할아버지의 모습이다. 운사가 입고 있는 옷의 흉배에는, 커다란 세 개의 뭉게구름이 수 놓여 있다. 이 수를 보는 사람들은 고요함과 평화로움을 느끼게 된다.

풍백은 풍채가 크며, 근육질의 다부진 체격이다. 눈썹은 아주 검지고 폭이 매우 좁다. 그 모양이 곧은 일자로 이어졌으며, 끝은 하늘을 향해 올라갔다. 풍백이 입고 있는 옷의 흉배에는, 바람에 흔들리는 풀들이 수 놓여 있다. 이 수는 매우 사실적으로 표현되어, 이것을 보는 사람들은 거대한 힘과 순간의 변화를 느끼게 된다.

우사는 키가 작고 말랐으며, 카랑카랑한 목소리를 가지고 있다. 갸름한 얼굴, 가늘고 작은 눈, 좁은 턱까지 매우 날카로운 인상을 풍긴다. 하지만 외모에서 풍기는 이미지와는 달리, 속이 깊고 잔정이 많다. 우사가 입고 있는 옷의 흉배에는, 하늘에서 쏟아지는 비의 형상이 수 놓여 있다. 무수한 빗방울이 땅을 향해 빠른 속도로 떨어지는 순간을 표현했다. 이 수를 보는 사람들은 속도감과 아찔함을 느끼게 된다.

안으로 드시오. 오랜만에 저녁을 먹으면서, 할 이야기가 있어, 이리로 모이라 하였소.

예 알겠습니다. 우리 모두 자리에 앉읍시다.

운사가 잔잔한 미소를 지으며 말했다.

평소 음식을 남기는 것은 죄악이라고, 입버릇처럼 말하는 풍백이 입맛을 다시며, 침을 꿀꺽 삼킨다.

하늘님. 차려진 음식을 보니, 군침이 돕니다. 하하하.

알겠소. 맛있게 듭시다. 오늘은 내 그대들과 모처럼, 즐거운 시간을 보내고 싶소.

하늘님과 운사, 우사와 풍백은 오랜만에 한자리에 모였다. 왜냐하면, 이들은 봄을 맞이하여, 농사를 준비하는 일에, 온 힘을 쏟으며 바쁘게 지내고 있기 때문이다. 모든 일이 그렇지만, 농사 또한 준비를 철저하게 했느냐, 아니면 대충했느냐에 따라, 성공과 실패가 결정된다. 이맘때면 효율적인 농사법을 연구하여, 백성들에게 가르치고, 새로운 농작물을 재배할 준비를 한다.

올해는 처음으로, 고구마와 감자 그리고 고추를 심기로 하였다. 고구마와 감자는 재배하기가 쉽고, 소출량도 많으며, 먹기도 편해서, 구황작물로써 기대가 매우 컸다. 만약 고구마와 감자를 재배하는 일에 성공을 거둔다면, 신시의 백성들뿐만 아니라, 신시 주변에 사는 사람들 모두, 굶주림의 공포에서 벗어날 것이다.

고추는 매운맛을 내는 작물이다. 음식을 조리할 때, 넣을 양념으로 쓸 계획이다. 고추 농사가 잘된다면, 음식 조리법이 더욱 다양해질 것이다.

　이러한 일들이 하늘님의 계획대로 진행된다면, 앞으로 백성들은 배불리 먹을 수 있을 뿐만 아니라, 맛있게 먹을 수도 있을 것이다.

　이외에도, 백성들의 교육과 문화, 의식주에 관한 문제들이 끊임없이 발생한다. 상황이 이러하다 보니, 하늘님과 운사와 우사, 풍백 등은 너무도 바쁜 나날을 지내고 있었다.

　오늘 저녁 식사는 여느 때와는 달리, 편안하고 즐거웠다.

　사방이 고요하고, 하늘에서는 함박눈이 송이송이 내리고 있다. 보름달이 신시를 환하게 비추고 있고, 신시의 백성들은 저녁 일과를 마치고, 꿀맛 같은 잠에 빠져있다.

　하늘님은 풍백, 운사, 우사를 천천히 바라보고, 자애로운 미소를 지으며 말했다.

　그대들이 부족한 나를 따라, 이 땅에 내려와 사람들을 다스린 지도, 어언 백 년이 지났소. 지금 우리의 모습을 보니, 참 많이도 늙었구려. 흘러간 세월... 숱하게 넘겼던 역경들을... 우리의 얼굴에서 찾을 수가 있구려.

　운사가 하늘님의 이야기를 들으며, 회상에 잠긴다. 인간 세상에 내려와, 신시의 터를 잡았던 일.. 신시 주변에 살고 있던, 곰 부족과 호랑이 부족의 싸움을 멈추게 하며 화해시켰던 일.. 그리고 이들을 중심으로, 인근의 부족들을 모아 신시를 세웠던 일.. 지금껏 신시에서 겪었던 크고 작은 일들... 짧은 순간이었지만, 그동안의 일들이 영사기의 필름이 지나가듯, 눈앞에서 펼쳐지고 있었다.

예. 하늘님의 말씀을 들으니, 절로 고개가 끄덕여집니다. 우리들의 모습에서, 흘러간 세월의 흔적이 보이는군요.

손으로 이마의 주름을 만지고, 어린아이처럼 맑은 웃음을 지으며 풍백이 말했다.

잠시 옛일을 떠올리며, 감상에 젖어 있던, 운사가 뭔가 생각이 난 듯 입을 열었다.

그런데 중요한 일로 의논할 것이 있다고 하시지 않았습니까?

참! 그렇소. 내 이야기를 시작하겠소. 어제 하늘에 승천성이 나타났소! 이제 우리가 하늘나라로 돌아갈 시간이 다 되었구려!

하늘님의 말을 들은 풍백의 눈에는, 그간 보지 못했던 눈물이 주루루룩 흘러내렸다. 승천성이 나타나, 고향으로 돌아가길 얼마나 기다렸던가? 감격의 눈물이었다. 그러나 잠시 뒤에, 뭐라 말할 수 없는 허전한 기분이 밀려왔다. 하늘나라. 태어나서 자란 곳. 풍백은 꿈에서도 그리워한 곳이었지만, 막상 신시를 떠날 때가 되었다고 생각하니, 마냥 즐겁고 기쁘지 않았다. 신시의 백성들을 두고 떠나야 한다는... 이별의 슬픔과 아쉬움 또한 컸기 때문이다. 그만큼 풍백은 신시와 신시의 백성들을 깊이 아끼고 사랑했다.

아! 돌아갈 때가 되었군요. 승천성이 나타났단 하늘님의 말씀을 들으니, 하늘님을 따라 처음 인간 세상으로, 내려왔을 때가 생각납니다. 그때 이곳은 아무것도 없는 허허벌판이었죠. 사람들은 뿔뿔이 흩어져, 헐벗고 굶주린 생활을 했고, 홍수와 가뭄 그리고 혹독한 추위로, 고통과 불안 속에서 살고 있었죠. 그때 사람들의 삶을 생각하면 짐승의 생활과도 별반 차이가 없었습니다.

옛일을 하나하나 떠올리며, 풍백은 안타까운 듯 말했다.

평소 감정을 잘 나타내지 않던, 우사도 감회에 젖은 듯 말했다.

그래요. 우리가 처음 이곳에 자리를 잡고, 사람들을 불러 모았을 때, 사람들은 우릴 두려워하고, 동굴과 산속에 들어가 몸을 숨기고 나오지 않았죠. 그때 백성들의 두려움을 없애주려고, 일일이 찾아다니며, 먹을 것을 주고, 밖으로 나오라고 달랬지요.

저도 그때 이곳저곳을 다니느라 살이 너무 빠져서. 어허. 하여간 힘들었습니다.

풍백이 두툼하게 살집이 붙은, 자신의 배를 문지르며 말했다.

운사 또한 풍백과 마찬가지로, 신시에서 떠나는 것이 아쉬웠다. 하지만 언젠가는 돌아가야 하지 않은가? 아쉬움을 뒤로하고 웃으며 말했다.

풍백의 고생을 인정합니다. 허허허. 그런데 하늘나라로 돌아갈 날은 언제로 하면 되겠습니까?

내년 새해에 올라갑시다. 신시를 떠나는 것이 아쉽긴 하지만, 이제 사람들이 스스로 문명을 이루고 살 수 있도록, 기회를 주어야겠소. 그러나 그 전에 우리들이 해야 할 일이 있소.

이어 하늘님은 근심이 가득한 표정을 지으며, 오른손으로 관자놀이를 누른 채, 작년에 일어난 사건에 관해 이야기했다.

얼마 전 밤골에 들러, 그곳 백성의 생활을 살펴봤소. 그런데 작년 가을에, 심각한 사건이 벌어졌더구려.

무슨 일입니까?

하늘님의 심각한 표정을 보고, 풍백 또한 놀라서 물었다.

하늘님의 말을 끝까지 들어봅시다.

운사가 성질 급한 풍백이 나서는 모습을 보고, 손을 들어 풍백을 제지하며 말했다.

밤골에서 일어난 살인 미수 사건

그래요. 풍백. 진정하오. 밤골의 촌장과 한동네에 사는 젊은이 사이에서 일어난 일이오.

하늘님은 풍백을 진정시키며 말을 이었다.

밤골 촌장의 말이, 나이가 들어, 재작년부터는 손수 농사짓는 일이 힘에 부쳤다고 하오. 그래서 재작년 겨울에, 집 주변의 논과 밭을 사서 땅을 늘려, 땅이 없는 사람들에게 땅을 빌려주고, 그 땅에서 거두어들인 농작물의 일부를 대가로 받아서, 생활하기로 마음을 먹었다고 하오. 그래. 밤골 촌장은 그 마을에 사는 태평이란 젊은이에게 땅을 빌려주고, 그 대가로 추수한 농작물 가운데, 절반을 받기로 약조했다고 하더구려.

추수한 농작물의 절반이나요! 촌장의 처지도 이해가 되지만, 가만히 앉아서, 다른 사람이 수고하며 농사지은, 농작물의 절반을 받기로 한 것은... 너무 큰 욕심을 부린 거 같습니다.

우사가 촌장의 행동을 나무라는 투로 말했다.

촌장은 젊은이가 일을 열심히 하지 않을까 봐, 그렇게 말을 한 것이지. 실제로는 추수한 농작물의 절반까지 받을 생각은 없었다고 하오.

하늘님은 운사와 우사, 풍백이 이 사건을 공정하게 바라볼 수 있도록, 촌장의 입장을 충분히 전해 주었다.

음~ 아무튼 젊은 친구는 촌장과 약조를 하고, 촌장네 땅에서 농사를 지었소. 그런데 젊은이는 막상 추수할 때가 되니, 땀 흘려 기른 제 자식 같은 농작물을, 아무런 일도 하지 않은 촌장에게, 절반이나 주는 것이 너무 아까웠다고 하오. 더욱이 자기는 병드신 노모를 모시고 있다고 하더구려. 그래서 젊은이는 이런저런 핑계를 대며, 차일피일 추수를 미뤘다고 하오. 추수를 해봤자, 힘들게 지은 농작물을 촌장에게 도둑맞는다고 생각했기 때문이오. 결국, 이 일로 촌장과 젊은이 사이에 큰 다툼이 벌어졌고, 이 과정에서 흥분한 젊은이가 휘두른 낫에 촌장이 맞았소. 하마터면 살인이 일어날 뻔했소.

태평이의 이야기

으 윽 윽 내가 무슨 짓을 한 거지? 아앙~ 내가 미쳤었나 봐! 이
걸 어쩌지!

나는 밤골에 사는 스무 살 태평이다. 편안하게 근심과 걱정 없이
살아가라고, 아버지께서 이름을 지어주셨다. 그런데 나의 삶은 이름
과는 정반대로 흘러가고 있다. 젠장! 내가 마음먹은 대로 되는 일이
단 하나도 없다.

술과 노름에 빠져 지내던, 아버지는 내가 열 살이 되던 해에 돌아
가셨다. 그리고 아버지는 빚을 물려주셨다. 아버지에게 이름과 빚
그리고 소년 가장이라는 처지를 유산으로 받은 셈이다. 아버지가
돌아가시고 얼마 뒤, 우리 가족의 생활을 책임졌던 기름진 논은, 아
버지의 빚을 대신 갚으라고 으름장을 놓아대던, 빡빡머리의 험상궂
은 애꾸눈 아저씨가 와서 가져가 버렸다. 이때부터다! 내가 말이 없
어진 게. 이웃들이 나에게 묻는 말 가운데에, 내가 편히 대답할 수
있는 게 별로 없다.

아버지께서 돌아가셨으니, 이제는 네가 홀어머니를 모시고, 아버
지 몫을 하며 살아야 한다. 알겠지?

불쌍한 우리 태평이 어쩌나? 넌 네 애비처럼 술과 노름 옆에 절
대 기웃거리지도 마라! 알겠지?

애가 뭘 알겠어! 술 먹고 노름 좋아하고 빚만 남기고 간, 쟤 애
비 잘못이지!

이런 이야기들 앞에서, 내가 무슨 대답을 할 수 있었겠는가? 밤골에서는 말이 없는 조용한 아이로 통했다.

우리 동네에서는 열여덟이면 장가를 간다. 이 나이 먹도록 지금까지 장가를 가지 못한 남자는, 나와 동네 바보 진이 형밖에 없다.

진이 형은 일곱 살 때, 뻐국새를 잡겠다고 돌아다니다가, 뒷산 중턱의 촛대바위에서 굴러떨어졌다. 마을 사람들이 진이 형을 발견했을 때는, 의식을 잃은 상태였다. 얼마나 심각했는지, 칠 일이 지나서야 눈을 떴다. 그 이후로, 진이 형은 말하는 중간에, 뻐국이란 단어를 집어넣는다.

아버지 뻐꾹 줘요.

뭐라고 진이야?

뻐꾹 먹고 싶어요. 아니 떡이여.

이놈아 뭔 말이야! 떡을 달라는 거지?

떡을 주면 뻐꾹~ 뻐꾹~ 소리를 내며 온 동네를 뛰어다닌다.

땅도 없고 병든 어머니를 모시고, 사는 나에게 시집 올 색시는 없다. 어린 시절 밤골의 이곳저곳을 함께 누볐던, 일곱 살 때 뒷산에서 보름달을 보며 혼인 서약을 했던, 밤골에서 예쁘기로 제일가는 소현이에게 장가들고 싶었지만, 소현이는 동네에서 땅이 제일 많은, 부잣집의 첫째 아들인 현식이에게 시집을 갔다. 소현이가 현식이에게 시집가던 날, 나는 현식이네 집 위에 뜬, 커다란 보름달을 보며 눈물을 흘렸다. 보름달 속에 혼인 서약을 하며 웃던, 소현이의 귀여운 얼굴이 떠올라, 내 마음을 더욱 아프게 했다. 소쩍새 소리는 왜 그리도 마음을 흔드는 건지? 그날 서러움에 눈물을 흘리며, 더이상 이렇게는 살지 못하겠다고, 어떻게든 돈을 벌어 나도 땅을 가져야 겠다고 결심했다. 그래서 돈을 모으기로 했다.

　태평아 너 돈 벌고 싶다고. 일을 구한다고 했지?
　아주머니 어디 일하기 좋은 데가 있나요?
　그래, 촌장님이 자기 대신 농사지어 줄 사람을 찾는다는구나. 촌 장님께 빨리 가봐라.
　네 알겠습니다.
　동네 소식에 밝은, 옆집 아주머니에게 이야기를 들은 후에, 부리 나케 촌장님에게 갔다.
　촌장님이 나에게 했던 말을, 간단히 정리하면 이렇다.
　자기는 나이가 들어 힘이 부치니, 대신 농사를 지어 달라고 했다. 그러면 추수를 한 후에, 소출의 오 할(전체 수량의 10분의 5)을 내 몫으로 주겠다고 했다. 그러면서 자기의 딸이 곧 시집을 갈 때가 돼서, 좋은 살림살이를 장만해 주고 싶다고. 동네에서 한눈팔지 않 고, 묵묵히 일을 잘하는 태평이 네가, 자기 대신 농사를 지어주었으 면 좋겠다고. 만약 농사가 잘 되면, 소출의 절반이 아니라, 조금 더 줄 수도 있다는 말도 덧붙였다. 다만 이 일에 대해, 다른 사람들이 이러쿵저러쿵 말하기 시작하면, 시끄럽고 귀찮은 일이 생길지 모르 니, 오늘 약조한 내용은 비밀에 부치자고 했다. 하루빨리 돈이 필요 한 나는 그 자리에서, 촌장님의 농사를 대신 짓기로, 대번에 결정했다. 그렇게 촌장님과 나의 약조는 이루어졌다.

올해 참 덥다! 태평아 일하기 힘들지?
아니에요. 촌장님 괜찮아요.
아니다. 잠깐 쉬었다가 해라. 더위 먹겠다.
네 알겠습니다.

촌장님은 자상한 아버지 같은 분이다. 일하는 곳에 자주 들러, 칭찬을 해 주셨고, 한창 더위가 기승을 부릴 땐, 내가 좋아하는 냉국수(시원한 국물에 소면을 넣은 음식)를 가지고 오셔서, 일하는 나를 격려해주기도 하셨다. 촌장님과 지내면서, 자상한 아버지의 모습을 봤다. 그런 촌장님을 보며 나도 저런 아버지가 있었으면 어떨지 생각을 하기도 했다. 하루하루 열심히 일하다 보니, 어느새 가을이 왔고, 추수할 때가 되었다.

추수를 앞둔 날. 일을 마치고 집에 가는 길에, 현식이 형을 만났다. 현식이 형은 나보다 두 살 많은데, 어릴 때부터 이런저런 일에 불만이 많아, 동네 사람들과 잘 싸웠다. 그래서 동네 사람들로부터 평판이 좋지 않았다. 형은 불만이 생길 때마다, 입을 삐죽거렸는데, 동네 사람들은 삐죽이라고 놀렸다.

태평아 너 일 끝나고, 집에 가는 길이니?
어. 형 어디 가?
제길! 마누라가 우리 애가 가지고 놀 거, 만들어 오라고 시켜서, 산에 간다. 적당한 거 있는지 찾아보려고.

입을 삐죽 내밀며 현식이 형이 말했다.

태평아 너는 장가가지 마라. 장가가면 그때부터 네 인생은 끝이
야! 끝! 이거 형으로서 충고하는 거니까, 잘 새겨들어라. 그리고 너
촌장네 농사지어주고, 얼마나 받기로 했냐? 못해도 칠 할(전체 수량
의 10분의 7)은 받기로 했지? 그것도 못 받으면 븅~신이다! 촌장이
네가 일 잘하고 순수하니까. 널 구슬려서 이용해 먹는 거야. 븅신
같이 이용당하지 말고, 일 한 만큼의 대가를 충분히 받아라. 알았
지! 형 간다.

현식이 형의 말을 들을 당시엔, 이 형이 괜히 잘 지내는 촌장님과
나 사이를 이간질하는 거라고 생각했다. 그런데 다음날 일을 마치
고, 집에 가는 길에, 형이 했던 말을 곱씹어 보니, 형의 말이 그리
틀리지 않았다는 생각이 들었다. 촌장님은 나와의 약조를 왜? 비밀
로 하자고 했을까? 나를 구슬리기 쉽게 하려고 그런 건가? 이상하
기는 하네... 그날 이후로, 촌장이 나를 이용해 먹는 거라던, 현식이
형의 말이 머릿속에서 떠나질 않았다. 형에게 말을 하지는 않았지
만, 사실 난 절반인 오 할을 받기로 하지 않았던가? 농사가 잘 되
면, 조금 더 줄 수 있다고 했지만, 명확하게 얼마를 주겠다고 한
것도 아니고... 형 말대로면 나는 븅~신이다. 촌장에게 이용만 당하
고 있는...

이런 생각이 이어지자, 추수하기가 정말 싫었다. 해봤자 촌장님이
절반을 가져갈 테니까. 그래서 이런저런 핑계를 대며, 미루고 있었
다. 어제도 촌장님이 와서, 추수를 어서 해야 하지 않겠냐고 재촉을
했지만, 어머니가 아프셔서, 내일 하겠다고 얘기했다. 이거 어떻게

할까? 추수해야 하나? 말아야 하나? 계속 미룰 수는 없는데... 한참 고민을 하다가, 촌장님을 찾아가 보기로 했다. 가서 촌장님께, 내 속마음을 솔직하게 이야기하자. 소출의 오 할은 너무 적은 것 같다고. 칠 할은 주셔야 하는 거 아니냐고? 이렇게 인정에 호소하면, 자상한 촌장님이 생각해 보시고, 내 몫을 다시 계산해 주시겠지? 이렇게 생각을 하고, 저녁을 먹고 어두워질 때, 촌장님네를 가기로 마음먹었다. 그때 가야, 동네 사람들이 내가 촌장님을 만나러 간 것을 모를 테니까?

촌장님 계세요. 저 태평입니다.

어. 그래. 이 시간에 어쩐 일이니? 들어와라. 나도 너에게 할 말이 있는데, 마침 잘 왔다. 앉아라.

촌장님은 나를 반갑게 맞으며, 자리를 내주었다.

태평아. 언제 추수를 하려고 하느냐? 네가 어서 해야. 나도 내 딸 살림살이를 마련할 거 아니냐?

촌장님은 다급한 표정으로, 나에게 몸을 가까이 대며 말했다.

간절해 보이는 촌장님의 모습을 보니, 내가 잘못하고 있다는 생각이 들었다. 그래서 미안했다. 하지만 나만 밑지고, 양보할 수는 없지 않은가? 어렵지만 내 입장을 이야기하기로 했다.

촌장님... 저... 그게... 다시 생각을 해주셨으면 해서요...

촌장님은 내 말에 놀랐는지, 자기도 모르게 몸을 뒤로 젖혔다. 그리고 눈을 커다랗게 뜬 채로 물었다..

뭘 말이냐?

촌장님의 모습을 보고 놀랐지만, 이미 엎어진 물이라는 생각에,

그동안 품고 있던 생각을 전부 이야기하기로 했다.

제가 받을 곡식 말입니다. 소출의 절반을 주신다고 했던... 근데... 그게 제가 생각을 해 보니, 절반은 너무 적은 것 같습니다. 적어도 칠 할은 주셔야 할 것 같습니다.

내 말을 듣자마자, 촌장님은 눈이 빨개지며, 손을 부르르 떨었다. 그리고 네가 추수를 하지 않고 미루고 있었던 것이, 애초에 우리가 했던 약속을 어기고, 곡식을 더 뜯어가려, 수작을 부리는 것이냐며, 아들처럼 대했는데, 배신을 당했다면서 불같이 화를 냈다.

촌장님의 말을 들으니, 방귀 뀐 놈이 성낸다고. 촌장님이 어떻게 나에게 이런 말을 할 수 있나? 하는 생각에 나는 나대로 화가 났다. 그래서 힘들게 농사를 지은 것은 나인데, 가만히 놀고 앉아서 편하게, 절반이나 가져가겠다는 것은 도둑 심보가 아니냐? 순진한 나를 꾀어서 거저먹으려고 한다고 악에 받쳐 소리쳤다.

촌장님은 내 말을 듣고, 샛빨개진 얼굴로, 온몸을 부르르 떨면서, 쉰소리로, 자기 집에서 당장 나가라고 소리쳤다. 그리고 내일 날이 밝으면, 동네 청년들을 데리고 추수를 하겠으니, 그리 알라고 했다.

촌장님이 지르는 소리에, 더욱 화가 치밀어 올랐다. 나는 거칠게 자리를 박차고, 일어나 문으로 향했다. 촌장님은 그런 나를 보며, 째지는 소리로, 내 등 뒤에 한 마디를 쏘아붙였다.

머리 검은 짐승 거두지 말라고 하더니. 애비가 일찍 죽어, 배운 것 없이 자란 놈답게. 싸가지가 없구나!

이 말은 들은 나는 머릿속이 하얘졌고, 닭똥 같은 눈물이 뚝뚝 떨어졌다.

그동안 자라면서 가슴 아프게 들었던 말...

등 뒤에서 동네 사람들이 소곤소곤 내뱉던 말...

가슴을 후벼팠던 말...

잠시 후 슬픔은 분노로 바뀌었고, 이성을 잃은 내 눈엔 벽에 걸린 낫이 들어왔다.

혼돈의 움직임

아니! 이놈이! 사람의 생명이 얼마나 귀한 줄 모르고! 제가 당장 가서 혼을 내겠습니다.

이야기를 들은 풍백은 멍게처럼 울그락붉그락한 얼굴을 하고, 자리에서 일어서려고 했다.

아직 하늘님의 이야기가 끝나지 않았소. 풍백. 더 들어보시오.

풍백의 급한 성격을 잘 아는 운사가, 역시 그럴 줄 알았다는 듯 재빨리 풍백의 손을 잡으며 말했다.

일어서는 풍백과 말리는 운사의 모습이 익숙한지, 하늘님은 이야기를 곧바로 이었다.

촌장을 낫으로 찌른 젊은이는 자신의 행동에 너무 놀라, 그 자리에서 도망을 쳤다고 하오. 그리고 삼 일이 지난 후에, 촌장의 집으로 찾아와서, 진심으로 용서를 빌었다고 하오. 밤골에서는 이일이 밖으로 알려지는 것이 부끄러웠고, 다른 마을에서 자신들을 어찌 볼지 걱정이 돼서, 그냥 숨겼다고 하오. 이 젊은이에 대한 처분을 어찌해야겠소?

달리 생각할 것 없습니다. 신시에서 사람이 절대로 해서는 안 되는 일, 가운데 하나인 살인이 벌어질 뻔하였습니다. 악행은 또 다른 악행을 부르고, 더 큰 악행을 부르니. 이러한 일이 다시는 생기지 않도록 지금이라도 엄히 벌해야 합니다. 그리고 이에 더해 형벌에 처하는 과정을 온 백성들에게 알려, 누구든지 악행을 저지르면, 반드시 벌을 받는다는 이치를 가르쳐주어야 합니다.

매서운 눈초리를 보이며 차가운 목소리로 우사가 말했다.

그런데 하늘님. 촌장은 젊은이의 사과를 받아주었습니까?

부드러운 목소리로 운사가 물었다.

그렇소. 젊은이의 사과를 받아주었소. 병상에서 생각해 보니, 자기도 잘못한 것이 많더라고 후회하더구려. 땀 흘려 힘들게 일한 태평이에게, 무리한 요구를 했다고, 촌장도 사과하였소.

이야기를 끝까지 들어보니, 촌장도 그리 욕심이 많은 사람은 아닌 거 같은데. 왜 그렇게 무리한 요구를 했을까요?

하늘님의 이야기를 다 들은 풍백은, 그 이유가 궁금하여 물었다.

그 이유는 촌장의 딸이 시집을 가게 됐다고 하오. 시집을 가는 딸에게, 좋은 살림살이를 장만해 주고 싶었다고. 그 일 때문에, 이전에 부리지 않던 욕심을 부렸다며, 후회하였소.

사랑하는 딸이 시집을 가게 되었다. 그런 딸에게 좋은 살림살이를 장만해 주고 싶었다. 허허. 촌장의 말을 듣고, 딸의 혼인을 앞둔 아버지의 입장에서 생각해 보니, 촌장의 심정이 이해되기도 합니다.

이해심이 많은 운사가 고개를 끄덕이며 대답했다.

하늘님의 말씀을 끝까지 들으니, 양쪽 다 어려운 처지에 놓여 있었군요. 저는 이 일을 이리 처리했으면 좋겠습니다.

운사, 말해보시오.

이 일을 신시의 온 백성들에게 숨김없이 알려, 다시는 이런 참혹한 일이 발생하지 않도록, 백성들을 가르쳐야 합니다. 그리고 젊은 이에게는 촌장의 치료비를 보상하게 하고, 촌장이 나을 때까지 촌장의 거동을 돕도록 합니다. 그리고 앞으로도 계속해서 촌장의 땅에서 농사를 짓게 하되, 추수한 농작물의 열 가운데에 셋을 촌장에게 주도록 하고, 촌장을 평생 어른으로 모시고 살도록, 명하는 것이 어떻습니까?

우사는 운사의 말을 듣고, 곰곰이 생각해 보았다. 처음에는 젊은 이에게 엄벌을 내리는 것이 좋은 방법이라고 생각했으나, 평소 사랑으로 허물을 덮는 것이, 더 나은 방법이라는 하늘님의 말이 떠올라, 운사의 해결책에 대해 참 좋은 방법이라고 감탄을 했다.

그거 좋은 방법이오. 우사와 풍백의 생각은 어떠하오?

운사의 의견을 듣고, 매우 흡족한 표정을 지으며 하늘님이 물었다.

저희들도 운사의 말을 들으니, 참으로 좋은 해결책이라는 생각이 들었습니다.

풍백과 우사는 함께 고개를 끄덕이며 말했다.

그럼 밤골에서 일어났던 사건은 운사의 의견대로 처리합시다. 그런데 문제는 거기에서 끝이 난 게 아니오.

여전히 중요한 고민거리가 남아있다는 듯, 하늘님은 이야기를 이어갔다.

이 사건에 대해 처음 이야기를 들었을 때는, 이 사건을 어떻게 처리할지에 집중하였소. 벌을 주어야 할까? 아니면 화해를 하도록 주선해야 할까? 벌을 준다면 누구에게 얼마만큼 주어야 할까? 그러던 중, 이런 사건이 또 일어날 수도 있겠다는 생각이 들더구려. 그간 여러 번의 다툼이 있었으니... 그 이후로는 어떻게 해야 이런 일을 막을 수 있을까? '이 사건의 근본 원인은 어디에 있을까? 라는 것으로, 생각의 방향이 바뀌게 되더구려. 그래, 이 사건을 처음부터 천천히 살펴보았소. 그래서 내린 결론은, 사람의 욕심이 문제의 근원이었다는 것이오. 그리고 욕심으로 인한 사건들은 또다시 일어날 거라는 확신이 들었소. 욕심은 누구에게나 생길 수 있고, 재물이 많을수록, 욕심의 유혹 또한 커지는 법이니... 앞으로 사람들은 자신들의 문명을 만들고, 사회를 이루고 발전시켜 나갈 것인데... 욕심의 힘 또한 얼마나 커지겠소...

하늘님은 한숨을 쉬며, 수심이 깊은 표정으로 말했다. 이 이야기를 들은 운사와 우사, 풍백 또한 하늘님의 이야기에 공감이 되었다.

이 사건에 대해서, 밤골 사람들이 취하는 태도는, 두 가지로 나뉘었소. 어땠을 것 같소?

땅이 많은 사람은 노인의 편을 들고, 땅을 갖지 못했거나, 적게 가진 사람들은 젊은이의 편을 들어, 소란이 벌어졌겠군요.

그렇소. 과연 운사요. 이 사건을 정확히 꿰뚫어 보고 있구려.

풍백은 밤골 사람들의 행동에 대해, 이해할 수 없다는 듯 물었다.

저희들이 이곳에 신시를 만들 때까지, 사람들의 생활이 어떠하였습니까? 먹고 입고 사는 것 때문에 얼마나 걱정이 많았습니까? 지금은 추위와 굶주림 때문에 죽는 사람이 없지 않습니까? 먹고 사는 문제가 어느 정도 해결이 되었는데, 재물이 얼마나 더 필요하다고? 재물을 가운데 두고, 의견이 갈리고 다투는 것인지. 저는 도통 이해가 가지 않습니다.

그렇소, 풍백의 말이 맞소. 우리가 신시를 세우고, 백성들을 도우니, 더이상 신시 안에서 굶어 죽는 사람들은 없어졌소. 그런데 사람들은 그것으로 만족하는 것이 아니라, 재물을 늘려, 다른 이들보다 더 많이 갖는 것에, 몰두하고 애를 쓰고 있소. 작년 가을 신가람(신강)에서, 백성들이 금덩이를 발견했을 때 어땠소? 서로 자신들의 공이 더 크다고 목소리를 높이고, 공이 많은 사람이 금을 더 많이 가져야 한다고 다투지 않았소?

하늘님은 풍백을 이해시키기 위해, 작년에 벌어졌던 사건을 예로 들어 말했다.

이런 상황을 염두에 두고 보니, 이 일을 바라보는 마을 사람들의 생각이 어떠한지. 눈에 훤하게 보입니다. 하늘님. 혹시 걱정하시는 것이. 이 일의 배후에 혼돈이 있다고 여기시는 것이 아닙니까?

운사! 뭐라고 했소! 혼돈이요! 하지만 혼돈은 이 땅의 일에 일절 관여하지 않겠다고 하지 않았습니까? 그리고 저는 혼돈이 신시에서 활동하는 것을 본 적이 없습니다. 너무 과한 걱정이 아닙니까?

우사는 운사의 말을 듣고, 이번 일만큼은 운사의 생각을 인정할 수 없다며, 강하게 부정했다.

생각해 보면. 우리가 이곳에 신시를 세우고, 사람들을 돕는 일에 반대하지 않았습니다. 그래서 혼돈이 우리들의 과업에 관심이 없다고 여겼습니다. 그런데...

뭔가 마음에 걸리는 것이 있다는 듯, 고개를 갸우뚱하며, 운사는 이야기를 이어갔다.

하늘님의 말씀을 듣고, 삼 년 전 때아닌 대홍수가 일어났을 때와 큰 가뭄이 들었을 때를 생각해 보니, 그것들이 자연스러운 일이라고 보기에는..... 이상하군요. 혼돈이 우리의 과업을 교묘하게 방해하고 있었다는 생각이 듭니다. 그리고 자연재해가 일어날 때마다, 사람들은 먹을 것, 입을 것에 더 큰 욕심을 부렸지요. 먹을 것이 충분히 있는데도, 더 구하려고 하고, 부족한 사람들이 있다는 것을 뻔히 알면서도, 모르는 척하고, 게 중에 몇몇은 웃돈을 받고, 몰래 팔기도 했었죠.

허허. 이거 운사는 벌써 내 생각을 꿰뚫어 보는구려. 나도 그렇게 생각하고 있소. 혼돈이 활동하여, 우리가 지금껏, 온 힘을 다해 만든 신시와, 수많은 생명의 터전인 지구를, 파괴하려고 하는 거 같소. 그리고 그 일의 시작으로, 풍족하게 살아가는 신시의 백성들 마음에, 욕심을 불어넣은 게 아닐까? 근래 벌어진 일들이야... 개인들 간의 싸움이니, 어찌 보면 쉽게 마무리가 됐지만... 우리가 하늘나라고 돌아가고, 오랜 시간이 흐르면, 이 욕심의 덩어리가 얼마나 커질까? 그렇게 커진 욕심의 덩어리로 인해, 그 싸움이 개인들 간에 벌어지는 것이 아니라, 사람들의 무리에서 벌어지게 되면... 누구도 바로잡을 수 없는, 참혹한 일들이 벌어질 거 같아, 생각만으로도 끔찍하오. 이게 요즘 내 머리를 짓누르는 고민이오. 지금의 상황이 이러한데, 아무런 대비를 하지 않고, 하늘나라로 돌아가려고 하니, 신시와 백성들에 대한 걱정 때문에, 밤잠을 이룰 수가 없소. 그래서 승천성이 나타났다는 소식을 전하는 것과 함께, 혼돈의 움직임에 대한 대비책을 마련하고자 그대들을 불렀소.

하늘님과 운사와 우사, 풍백은 이 문제에 대한 대비책을 찾기 위해 밤낮을 이어가며 회의를 했다. 그리고 칠 일이 지난 후에, 운사와 우사와 풍백은 하늘님의 처소 밖으로 나왔다.

하늘님은 신시의 백성들을 신단수 앞으로 모두 불러 모아, 다음과 같은 내용을 알렸다.

> 첫째, 내년 새해에 하늘님과 운사, 우사, 풍백은 하늘나라로 돌아간다.
> 둘째, 십이지신은 신시에 남아 사람들의 삶을 돕는다.
> 셋째, 백성들을 다스릴 임금과 지도자를 뽑을 것이다.

이 소식을 들은 백성들은 눈물을 흘리며 가슴 아파했고, 날짐승과 들짐승들도 슬픔에 잠겨, 각기 처량한 소리를 내며 울었다. 이날 하루만큼은 모든 살아있는 것들이, 자신의 부모를 잃은 마음으로 숙연하게 지냈다.

하늘님과 운사, 우사, 풍백은 하늘나라로 돌아가기 전에, 백성들에게 마지막 선물을 해주고 싶었다. 그래서 예전부터 계획했던, 글자 만들기에 착수하였고, '가림토'라는 글자를 만들어 백성들에게 열심히 가르쳤다.

글자가 없는 것은 아니었다. 지금도 동물의 형상을 본뜬 동물자를 사용하고 있지만, 동물자는 글자 수가 많아서 배우고 사용하기 어려웠다. 그래서 동물자를 쓸 수 있는 백성이 얼마 되지 않았다. 글자가 필요하여 동물자를 배우다가도, 도중에 포기하는 백성들이 너무 많았다.

이런 상황에서 배우기 쉬운 가림토가 나타나자, 백성들은 감사하는 마음으로 열심히 배웠다. 선물을 주려고 하는 신들과, 감사함으로 배우려는 백성들의 노력이 결실을 맺었다. 가림토를 가르친 지 오 개월이 지나자, 어린아이와 노인들을 제외한, 대부분의 신시의 백성들이 가림토를 사용할 수 있게 되었다.

운사, 우사, 풍백 그동안 고생이 많았소. 소리 나는 대로 쓰는 글자라 배우기 쉬울 줄은 짐작했으나, 이렇게 많은 백성들이 쉽게 익힐 줄이야. 수고 많이 했소.

하늘님 아닙니다. 이번 일은 누구보다도 하늘님의 공이 크십니다. 뜻을 적는 방식이 아니라, 소리를 적는 방식으로 창제의 방향을 잡으시고, 하늘과 땅과 사람의 모양을 본떠서 모음을 만드시고, 혀와 입술과 목구멍의 모양을 본떠서 자음을 만들어 내신 방식은, 너무도 훌륭하여 감탄하지 않을 수 없었습니다! 이 운사가 정말로 탄복하였습니다! 아마 이후로도 가림토보다 뛰어난 글자는 만들 수 없을 것이옵니다!

하하하. 운사가 이렇게 칭찬하는 것을 보니, 가림토는 참으로 좋은 글자인 것 같소. 그런데 가림토가 가장 뛰어난 글자로 남지는 않을 것이오. 이후에 가림토를 계승하여, 더 뛰어난 글자를 만드는 후인이 나타날 것이오. 가림토를 만든 것은 그 일을 준비하기 위한 것이오.

이번에는 운사, 우사, 풍백에게 내 하나씩 명을 내리겠소.

예 하늘님 알겠습니다. 명을 내려주소서.

먼저 운사. 그대는 앞으로 백성들이 홍수와 가뭄을 이겨낼 수 있도록, 물을 다스리는 법을 가림토로 기록하여 남기시오.

예 알겠습니다. 신명을 다하겠습니다.

풍백. 그대는 농사를 짓는 법과 고기 잡는 법을 가림토로 기록하여 남기시오.

예 알겠습니다. 신 풍백 힘써 행하겠사옵니다.

마지막으로 우사. 모든 사람을 이롭게 할 세상을 만들기 위해, 사람으로서 해서는 안 될 행동을 정하고, 이를 기록하여 남기시오. 금하는 내용이 너무 많으면, 오히려 지키기 어려우니, 간단하게 8가지로 정하고 8조 금법이라 이름하시오.

예 알겠습니다. 신 우사 하늘님의 명을 받들겠습니다.

제2화 십이지신의 등장

이제 마지막 일이 남았구려. 운사 내일 정오에, 십이지신들에게 신단수 중앙의 신단으로 모이라 전하시오.

신단수는 신시의 중앙에 있는 신령한 나무이다. 이곳에서 일 년의 두 번. 새해 첫날과 추수를 마친 날에, 신시의 평안과 번영을 기원하는 제사를 지낸다. 이날은 신시의 백성들이 모두 참여하여, 제사를 지낸 후, 축제를 벌인다.

신단수 앞에 서는 사람은, 그 거대함으로 인해 두려움과 경이로움을 느끼게 된다. 나무의 끝은 하늘로 솟아, 구름에 닿을 듯하다. 나무의 둘레는 어른 남자 100명이 손을 이어 잡아야 잴 수가 있다. 무성한 줄기와 거기에 붙어 있는 잎은 셀 수가 없다.

신단수에는 영험한 기운이 깃들어 있어서, 사람들의 병을 치료하는 약재로 사용이 된다. 잎을 돌에 빻아서, 상처에 펴 바르면, 상처가 덧나지 않고 빠르게 아문다. 배탈이 났을 때, 잎을 물에 끓여 먹으면, 뱃속이 진정이 된다. 뼈가 부러졌을 때, 부목으로 사용하면, 뼈가 잘 붙는다. 거대한 신단수가 만들어 내는 그늘은 신시의 5분의 1에 해당하며, 무더위가 찾아올 때면, 신시의 백성들은 이곳에 모여 더위를 식힌다. 자연스럽게 신단수는 신시를 굽어살피는 신물이 되었다.

예 알겠습니다. 그리고 저는 오늘 밤에, 십이지신들에게 바람을 좀 넣겠습니다.

허허허 그렇게 하시오.

십이지신들은 하늘님이 운사와 우사, 풍백과 더불어 하늘나라에서 내려올 때부터 함께 한 신들이다. 이들은 하늘님을 돕고, 신시의 백성들을 보호하며, 동물 세계의 질서를 관장한다. 이들의 형상을 보면 사람과 비슷하다. 머리 부분은 동물의 모습을 하고 있고, 목 아랫부분은 사람의 모습과 똑같다.

자(쥐) - 체격이 작으나, 날렵하고 눈치가 빠르다.
축(소) - 참을성이 있고, 욕심이 많다.
인(호랑이) - 겁이 없고, 힘이 세고 빠르다.
묘(토끼) - 감수성이 풍부하고, 겁이 많다.
진(용) - 무뚝뚝하고, 아첨하기를 싫어한다.

사(뱀) - 촉각이 뛰어나고, 손해 보는 것을 싫어한다.

오(말) - 자신감이 넘치고, 충동적이다.

미(양) - 이해심이 넓고, 부드럽다.

신(원숭이) - 영리하고, 기회를 잘 포착한다.

유(닭) - 창조적이고, 상상력이 풍부하다.

술(개) - 책임감과 의리를 중요하게 여긴다.

해(돼지) - 정직하고, 단순한 면이 있다.

이들은 각자 특성에 맞는 능력을 지니고 있으며, 서로 견제하는 마음이 강하고, 자존심이 세다.

뛰는 놈 위에 나는 놈

하늘님과 운사, 우사, 풍백은 자신들의 승천에 대해 알린 이후, 십이지신들을 일부러 만나지 않았다. 십이지신들의 도움이 필요할 때는 신하들을 통해 명을 내렸다. 의도적으로 십이지신들과 거리를 두며, 바쁘게 지낸 것이다. 하늘님과 운사, 우사, 풍백은 십이지신들이 필요한 일이 있어 찾아왔을 때에도, 자신들이 하고 있는 일을 핑계 삼아 만나주지 않았다.

이제 하늘님과 운사, 우사 , 풍백이 모여 상의했던 지략이 시작된다.

음. 밖에 윤식이 있느냐?

예 운사님. 분부 대령하겠나이다.

그래. 너는 지금 십이지신들 중에 '신(원숭이)'을 찾아가, 내가 긴밀히 전할 것이 있으니, 오늘 밤 아홉 시에, 내 처소로 오라고 전해라.

예 알겠습니다.

그리고 내 처소에 '신(원숭이)'을 은밀히 불렀다는 사실을, 다른 지신들에게 넌지시 알려라.

네? 무슨 말씀이신지...

음~ 이유는 묻지 말고 다만 명대로 하라. '신(원숭이)'에게 내 명을 전한 후, 다른 지신들을 찾아, 내가 '신(원숭이)'만을 은밀하게 처소로 불렀다고 알려라.

예! 알겠습니다.

이건 무슨 명이시지? 이거 참 다시 여쭤볼 수도 없고. 아이 모르겠다! 그냥 난 운사님의 명이나 전해야겠다.

윤식은 운사의 명에 대해 궁금한 점이 많았지만, 의문은 마음에 묻고 명을 따르기로 했다.

아! 운사님께서 다른 지신님들에게, '신(원숭이)'님을 부른 사실을 알리라고 하셨지. 그래 '자(쥐)'님과 '해(돼지)'님이 저기 있군.

'자(쥐)'님, '해(돼지)'님. 잘 지내시는지요?

어 그래, 자네가 여기는 어쩐 일인가?

예. 운사님의 명을 받고 왔습니다.

윤식은 비밀을 전하는 듯 조용한 소리로 대답했다.

어 그래!

'자(쥐)'와 '해(돼지)'는 운사의 명이라는 말에 깜짝 놀라, 동시에 대답을 했다. 그리고 그 내용이 무엇인지 매우 궁금했다.

지금 신시에는 하늘님이 운사와 우사, 풍백과 함께 하늘나라로 떠날 것을 공표했기 때문에, 그 이후에 대한 말들이 많았다.

처음에는 그저 슬퍼하기만 했던 백성들도 시간이 흐르자, 누가 임금이 되고 지도자가 될 것인지에 대해, 이야기를 주고받기 시작했다. 그리고 스스로 임금이 되고자 하는 촌장들이 생겨났으며, 자신들의 마을에서, 임금이 뽑히길 원하는 사람들이 늘어나, 마을과 마을 사이에, 보이지 않는 경쟁이 벌어지고 있었다.

십이지신들 또한 똑같은 경쟁심에 사로잡혀있었다. 나약하고 수명이 짧은 사람들보다는, 강인하고 영생을 하는 자신들이, 임금에 자리에 올라야 한다고 '신(원숭이)'이 말한 후에, 십이지신들은 각자 자신을 중심에 놓고 생각하기 시작했다. 스스로 임금의 자리에 오르고자 하는 욕심이 생긴 것이다. 이런 십이지신들의 태도가 사람들에게 전해지자, 임금에 자리에 욕심을 내는 사람들은 없어졌다. 십이지신은 사람들이 상대할 수 없는 존재이기 때문이다.

예. 운사님께서 '신(원숭이)'님을 불러오라고 하셨습니다.

윤식은 낮은 소리로 주위를 두리번거리며 말했다.

뭐! 왜? 다른 말씀은 또 없으시던가?

예. 그것 말고는 다른 명이 없으셨습니다.

아이고... 혹시 운사님께서 '신(원숭이)'에게 임금의 자리를 주려고 하시는 거 아니야?

평소 민첩하고 눈치가 빠른 '자(쥐)'가 속으로 생각하였지만, 사태가 급박하게 돌아가자. 자기도 모르게 입 밖으로 그 말이 새어 나왔다. 그리고 이 말을 '해(돼지)'가 들었다.

뭐! 뭐라고 운사님께서 '신(원숭이)'에게 임금의 자리를 주려고 하신다고?

'해(돼지)'의 말을 듣고 '자(쥐)'는 자기가 실수했다는 것을 알아차렸으나, 이미 내뱉은 말을 어찌할 수 없었다. 입 밖으로 나온 말은 쏟아진 물처럼, 다시 주워 담을 수가 없지 않은가? 아무튼 '자(쥐)'는 마음이 급해졌다.

그게 아니고, '해(돼지)' 그렇게 될지도 모른다는 거지. 생각 좀 해봐! 이 바보야! 왜? 이 시기에 운사님이 '신(원숭이)'을 부르셨는지를.

단순한 구석이 있는 '해(돼지)'는 바보라는 '자(쥐)'의 말에 기분이 상해서, '자(쥐)'의 다른 말이 귀에 들어오지 않았다.

뭐? 바보라고! 다시 한번 말해봐. 이 쥐방울만한 자식이!

뭐? 쥐방울이라고! 으이고. 이놈이... 아니다. 지금은 내가 참자. 때가 때이니만큼.

그게 아니라, '해(돼지)' 잘 생각해 보라고. 왜? 이 시점에 운사님께서 '신(원숭이)'을 부르실까? 아무 이유 없이 그냥 부르실까? 아니면 밥 먹으려고 부르실까?

뭐? 운사님께서 '신(원숭이)'하고 맛있는 밥을 먹으려고 부르신다고!

아이고! 답답해 그게 아니고. 왜 이 시점에 '신(원숭이)'을 부르셨는지 그 의도를 생. 각. 해. 보. 라. 고. 쫌!

아이고! 귀청 떨어질라. 그래. 왜? 지금 하늘님께서 신시의 임금을 정하고, 하늘나라로 돌아가시려고 하는 이 시점에... 운사님은 '신(원숭이)'을 부르셨을까? 그것도 '신(원숭이)' 혼자만.

'자(쥐)'의 말을 듣자, 비로소 이상함을 느낀 '해(돼지)'는 고개를 갸우뚱하며 말했다.

그래 바로 그거야! 내가 걱정하는 게. 안 되겠어. 나머지 지신들을 모두 불러야겠어.

'자(쥐)'와 '해(돼지)'의 싸늘한 분위기에 얼어버린 윤식은 빨리 이 자리를 벗어나고 싶었다.

'자(쥐)'님, '해(돼지)'님. 저는 이제 그만......

그래 알았어. 가봐. 그리고 혹시 다른 일이 생기면 그때도 알려줘야 해! 알았지! 윤식이~

'자(쥐)'와 '해(돼지)'는 눈을 부릅뜨며, 반협박성의 경고를 윤식이에게 날렸다.

네 알겠습니다. 바로 알려드리겠습니다.

윤식은 곧바로 '신(원숭이)'에게 운사의 명을 전하고 돌아왔다. 그런데 이때, '신(원숭이)'을 제외한 다른 지신들은 '자(쥐)'와 '해(돼지)'의 말을 듣고, 모두 분개하고 있었다.

모야. 운사님께서 '신(원숭이)'만을... 이런 운사님의 태도는 잘못되었어. 평소와는 달리 공정함을 잃으셨네!

성질이 급한 '인(호랑이)'이 눈에 번갯불을 보이며, 두 팔을 부르르 떨고 있었다.

아니. 임금의 자리는 가장 힘이 센 자가 올라가야, 문제가 생기지 않지. 잔머리만 슬슬 굴리는 놈을 왜? 도대체! 왜?

'인(호랑이)' 흥분하지 마. 운사님께서 왜? '신(원숭이)'을 부르셨는지, 이유를 알지 못하는 상황에서, 그렇게 단정 지을 필요 있어? 그냥 심부름을 시키시려고 불렀는지도 모르잖아.

그렇군. '술(개)'. 내가 너무 흥분했어.

일단 내 생각엔 기다려 보는 게 좋을 거 같아. 그 후에는 자연히 알게 되겠지. 왜 운사님께서 '신(원숭이)'만을 부르셨는지를.

맞아. 맞아.

여기에 모인 지신들은 '술(개)'의 의견에 동감을 표하며, 각자 초인적 인내를 발휘하여, 아무렇지도 않은 듯, 각자의 처소로 돌아갔다.

그때 '신(원숭이)'은 어깨에 힘을 주고, 콧노래를 부르며, 운사를 만나러 갔다.

그래. 운사님께서도 아시는 거야. 임금에 자리에는 나 '신(원숭이)'이 가장 잘 어울리는 것을.

'축(소)'은 포용력은 있으나, 결단력과 지혜가 부족하고, '인(호랑이)'은 무식한 게, 힘만 쎄서 매사를 힘으로 해결하려고 하고, '술(개)'은 인내심이 많으나, 지도력이 부족하지. 충직한 면이 있으니, 내 부하로 삼으면 딱 좋을 놈이야.

아무리 살펴봐도, 나 말고 누가 있나? 그래도 '자(쥐)'놈은 조심

해야 돼. 몸집은 작지만 빠르고 영악해서, 도통 무슨 생각을 하는지 모르겠으니까. 아무튼 운사님께서 뭐라고 하실까? 기대되는걸. 히히히. 벌써 약속 시간인 아홉 시가 되어가는구먼. 빨리 가야지.

평소에는 경망스러워 보인다고 해서, 여간해서는 나무를 타지 않지만, 이날은 왠지 기분이 좋았다. 빨리 가고 싶은 마음에 꽃을 찾는 나비처럼, 나무를 타고 신나게 가고 있었다.

윤식이 나 '신(원숭이)'이네. 운사님께, 내가, 이 충직한 '신(원숭이)'이 왔다고 알려드리게.

어깨에 힘을 주고, 옷을 바르게 정돈하면서, 차분한 목소리로 '신(원숭이)'이 말했다.

네 알겠습니다. 운사님 '신(원숭이)'이 도착하였습니다.

그런가? 내 기다리고 있었네. '신(원숭이)'을 들라 하게.

네. 알겠습니다. '신(원숭이)'님 들어가시지요.

'신(원숭이)'은 웃음을 참지 못하고 미소를 머금은 체, 운사 앞에 섰다.

운사님. '신(원숭이)'이옵니다. 그간 안녕하셨습니까? 요즘 하늘님의 명 때문에, 바쁘시다고 들었습니다.

그래. 그렇네. 자네도 잘 지내는가?

네. 저는 뭐 딱히 별다른 일이 없사옵니다. 그런데 무슨 일로 저를 찾으셨습니까?

순간 '신(원숭이)'은 세상에 모든 시간이 멈춘 듯 느꼈고, 운사의 입만을 바라보고 있었다.

내가 부른 것은 십이지신들에게 전할 하늘님의 명이 있어, 그걸 전하기 위해 자넬 대표로 불렀네.

운사의 말을 듣자 '신(원숭이)'은 자신이 십이지신을 대표하여, 인정을 받고 있다는 생각이 들어, 기쁜 마음에 들떴다.

흠~ 자네도 알겠지만 하늘님과 나, 우사, 풍백은 이제 석 달 후면 하늘나라에 갈 것이네. 그런데 우리가 모두 하늘나라로 돌아간 뒤에, 이 신시가 어떻게 될지... 걱정이야. 그래서 십이지신을 남기기로 하였네. 그리고 임금의 자리를 비워둘 수 없으니, 누가 하늘님을 대신해서 임금의 자리에 올라야 할 것인데...

이 말을 들은 '신(원숭이)'은 너무 놀라고 기쁜 마음에, 자기의 입에서 침이 떨어지고 있는 것도 모르고, 운사의 입만 쳐다보고 있었다. 그리고 속으로 외쳤다. 그래요. 운사님 빨리 얘기하세요! 임금의 자리에 '신(원숭이)'을 오르게 하실 거라고요! 네!

음~ '신(원숭이)' 내 말을 듣고 있나?

앗! 그럼요. 잘 듣고 있습니다.

그래서 임금의 자리에 오를 자를 찾고 있는데, 십이지신들 중에... 한 명이 임금의 자리에 오르는 것이 좋겠네. 그런데... 자네들은 사실 사이가 좋지 않아서, 서로를 인정하지 않고, 협의하기조차 어렵지 않나? 어떻게 해야 할지 모르겠네. 자네 생각은 어떤가?

저야 무슨 생각이 있겠습니까. 다 하늘님과 운사님의 뜻에 따라야 한다고 생각합니다.

그래, 자네는 역시 겸손하면서도 충직하구만. 허허허. 난 개인적으로 자네가 어떨까... 하는 생각도 해봤네만......

네 운사님께서요. 아이고 감사합니다.

음~ 뭐. 내 생각 같아서는 그냥 자네를 선택하고도... 싶지만 다른 지신들이 이것을 용납할 리가 없고. 내가 다른 지신들의 의견을 무시하고... 자네를 임금의 자리에 오르게 하면, 우리가 하늘나라로 올라간 뒤에, 얼마나 큰 혼란이 생기겠나? 그래서 어떻게든 이 시기에, 임금의 자리에 오를 자를 정해야겠는데... 자넨 어떻게 하는 것이 좋을 것 같나?

골똘히 고민하는 척하면서, 운사는 '신(원숭이)'의 표정을 보고 있었다. 그리고 '신(원숭이)'의 흥분한 모습을 보며, 자신의 계획대로 되어 가고 있음을 확신하고 있었다.

아! 그래. 대결을 하세! 임금이 되길 원하는 자들이 모두 모여 대결을 하는 거야. 그래서 그 대결의 승자가 임금의 자리에 오르는 것으로. 자넨 어떤가?

'신(원숭이)'은 임금의 자리에 '신(원숭이)'이 오르면 좋겠다는 앞선 운사의 말에 현혹되어, 운사의 말을 무조건 믿고 따르는 상태가 되고 말았다.

예 알겠습니다. 그리하시지요. 제가 내일 모두에게 알리겠습니다. 아마 이 같은 결정에는 다른 지신들도 불만이 없을 것입니다.

다음날 '신(원숭이)'은 다른 지신들을 불러 모았다. 자신만만한 태도로, 목을 빳빳이 세우고, 어깨에 힘을 준 채, 어제 운사와 나눈 이야기를 전하고 있었다. 그 이야기 속에는, 운사님께서 자신이 임금의 자리에 오르길 바라고 있더라는, 희망 섞인 바람을 은근히 담았다.

'신(원숭이)' 너의 이야기를 들어보면, 뭐 아직 임금의 자리에 누가 오를지 결정된 것은 없구만. 대결을 해서, 정한다는 것 아니야? 그걸 가지고 지가 임금님이 된 것처럼 거들먹거리기는....

'미(양)'! 너 지금 뭐라고 했어? 거들먹거린다니 말 다했어!

우리들이 보기에는 '미(양)'의 말이 맞는 것 같네... 안 그런가? 친구들.

하하하 하하하

이 말을 듣고 주위를 둘러보니 '신(원숭이)'은 자신의 편이 없다는 것을 알았다. 그리고 지금의 상황은 자신에게 불리하다는 것도 금세 파악했다.

그래, 그렇군. 내가 실수했네.

근데 '신(원숭이)'. 대결은 무엇으로 정했나? 혹시 운사님과 짜고 자네에게 유리한 것으로 정했나? 나무 타기 같은 걸로... 하하하.

뭐야! '해(돼지)'! 말 다했어! 나를 욕하는 것은 그냥 넘어갈 수 있지만 운사님을 욕보이다니 그 말에는 내가 참을 수 없다!

이 모든 상황을 몰래 지켜보던, 운사가 때가 되었다는 듯, 우사, 풍백과 함께 몸을 드러낸다.

허허 이런. 이런. 내 이럴 줄 알았네. 이렇게 소란스러워서야. 임금의 자리에 오를 자격이 있는 지신은 한 명도 없어 보이는구만. 내가 자네들이 이럴까 봐. 이곳으로 직접 왔네. 임금의 자리에 누가 오르든지 공정해야 하지 않겠나? 그래야 나머지 지신들도 결과에 수긍할 수 있을 것이고. 그런데 시작부터 이래서야. 쯧쯧....

풍백이 십이지신들을 한심하다는 듯이 쳐다보며 말했다.

내가 어제 '신(원숭이)'을 부른 것은, 자네들끼리 다투지 말고, 모두 수긍할 수 있는 결과를 만들어 내라는 뜻이었네. 어떤 대결을 할 것인지 정했는가? 아니면 여태껏 싸우기만 했는가? 가만히 보니, 자네들에게 맡겨서는 답이 없을 것 같네. 아무래도 우리가 나서야겠구먼. 우사께서 말씀하시오.

자네들이 할 대결은 제주를 다녀오는 것이네. 제주는 여기서 남쪽으로 삼천리를 가면 있는 곳이네. 내일 오전 아홉 시에 출발해서 가장 빨리 돌아오는 지신이 임금의 자리에 오르게 될 걸세. 불만 있는가?

우사는 작은 눈을 더 가늘게 뜨며, 냉랭한 소리로 말을 했다.

풍백 또한 인상을 쓰며 다시 한번 물었다.

이놈들 불만이 있느냐?

여태껏 다투기만 했던 십이지신들은 우사와 풍백의 호통에 불만을 제기할 수가 없었다. 왜냐하면, 우사와 풍백의 단호한 표정을 보니, 다른 말을 꺼내기 어려웠고, 자신들이 생각을 해봐도, 십이지신들끼리 회의를 해서는, 합의에 이를 수 없을 것 같았기 때문이다. 그리고 우사와 풍백의 제안이, 어느 한 지신에게 특별히 유리한 것이 아닌, 비교적 공평한 대결이라고 생각하였다.

없습니다.

없습니다. 저희 모두 불만이 없습니다.

음~ 그런가? 그럼. 누가 다른 말을 하겠나?

그래, 잘들 했네. 그리고 좀 더 들어보게. 제주란 곳에 가면 한라산이 있네. 한라산의 정상에 가면 백록담이 있는데... 그곳에 물을 증거로 떠 오게. 규칙은 아주 간단하네. 알겠나? 더이상 다투지 말고 지금 각자의 처소로 돌아가서, 내일 있을 대결 준비를 하게. 식량, 여벌의 옷과 신발 등이 필요할 것이니 빨리 가서 챙기게. 그리고 내일 오전 아홉 시까지 신단 앞으로 모이게. 이상.

십이지신들은 각자의 개성이 뚜렷하고 자존심은 세서, 협의를 잘하지 못했다. 잔치에서 먹을 음식을 정하는 일, 어떤 놀이를 할 것인지 정할 때에도 서로 다투는 일이 많았다. 이러한 점에 비추어볼 때, 이들에게 대결을 맡겨서는 해결이 나지 않을 것이라고 하늘님은 생각을 했다. 회의를 열게 되면, 아마도 각자에게 유리한 것을 대결로 하자고 의견을 낼 것이다. 그렇게 되면 의견은 총 열두 개가 된다. 그리고 자신이 낸 의견을 통과시키려고, 우기기 시작할 것이다. 그러면 자연스럽게 상대방의 말은 듣지 않게 된다. 자신의 말만 고집하는 상황이 일어나게 되고, 결국 회의를 하던 중에 싸움이날 것이다. 그래서 대결의 내용을 십이지신들에게 정하게 하지 않고, 하늘님과 운사가 계획을 세워 결정하게 한 것이다.

또 다른 이유도 있었다. 십이지신 중 '신(원숭이)'은 지략에 능하고, 신체적 능력도 뛰어났다. 대결을 정하지 못하리라는 예상을 뒤엎고, 십이지신이 용하게도 합의에 이르러, 대결의 내용을 정하게 된다면, '신(원숭이)'의 뜻대로, 대결이 진행될 가능성이 매우 높았다. 이것 또한 하늘님의 걱정거리였다. 그래서 처음부터 '신(원숭이)'만을 불러 '신(원숭이)'을 추켜세워주고, 이를 본 다른 지신들에게 경각심을 심어주어, '신(원숭이)'을 제외한 다른 지신들이 서로 연합하게 하려는 계획을 세웠다. 이것을 통해 '신(원숭이)'을 잠시 고립시키고 '신(원숭이)'의 뜻대로, 대결이 진행되지 않게 하는 상황을 만들어냈던 것이다.

　도대체 하늘님과 운사, 우사, 풍백은 어떤 일을 계획하고 있는지 매우 궁금하다.

　하늘님과 운사, 우사, 풍백의 계획.

```
1.  '신(원숭이)'을 불러 다른 지신의 자존심을 상하게 한다.
2.  이것 때문에 서로 다툼이 일어난다.
3.  이일을 빌미로 운사와 우사, 풍백이 개입을 하고 십이지신들에게
    호통을 친다.
4.  이러한 상황을 이용하여 대결의 내용을 결정한다.
```

　이렇게 해서 십이지신들의 대결이 시작되었다.

제3화 십이지신의 대결

십이지신들은 각자 처소로 돌아갔다. 처소에서 내일 있을 대결에 필요한 물건들을 준비하기 시작했다. 그 가운데 '신(원숭이)'은 뭔가 찜찜한 기분이 들었다. 평소에 자기에게 호의적이지 않았던 운사가, 무슨 이유로 자기만 따로 불렀는지? 의심이 들었고, 운사와 우사 그리고 풍백의 등장으로 내기가 결정된 것. 우연이라고 하기에는 이상한 점들이 한두 개가 아니었다.

하늘님이 우리의 일에 개입을 하셨을까? 그렇다면 그 이유가 무엇일까?

'신(원숭이)'은 그 이유를 찾고 싶었으나, 도저히 알 수가 없었다. 휴~ 그만 생각하자. 이거 정확한 이유는 알 수 없고, 추측만 하게 되네. 기왕 일이 이렇게 된 바에야 다른 수가 없지. 대결에서 일등을 하는 수밖에. 그리고 하늘님께서 다른 의도가 있으시다고 해도,

대결을 통해 임금의 자리를 결정하신다고, 직접 말씀을 하셨으니, 당신의 이야기를 스스로 뒤집을 수는 없지 않은가? 그래, 머리 아프게 더이상 생각하지 말고, 오늘은 푹 쉬는 게 낫겠다.

이때 '자(쥐)'와 '축(소)'은 한자리에 모여, 이야기하고 있었다. 다른 지신들이 모두 처소에 돌아가, 이번 대결에 필요한 물건들을 챙기고 있을 때, '자(쥐)'는 '축(소)'에게 찾아가, 무엇을 상의하고 있었다. 이 둘의 이야기는 어떤 내용일까? 둘만의 비밀 이야기는 깊은 밤까지 계속되었고, 이 만남에 대해 아는 이는 아무도 없었다.

닭이 울자, 신시의 백성들이 잠에서 깨었다. 백성들은 대결의 결과에 대해 궁금해하였고, 누가 일등을 할 것인지에 대해서 언쟁을 벌이고 있었다.

이봐 이번 대결은 누가 이길 것 같아.

이번 대결은 '인(호랑이)'님이 이길 거야. 십이지신님들 중에 가장 힘이 세니까. 보나마나야.

이런 힘이 세니까 이긴다고, 예끼 무식한 사람아! 힘보다는 머리가 좋아야지! 머리가!

그럼, 자넨 어느 지신님이 이길 거라고 생각하는데?

난 '신(원숭이)'님이 이길 거라고 생각하네.

그럼 우리 내기할까?

오늘 대결에, 신시 백성들의 모든 관심이 쏠려있다고 해도 과언이 아니다. 아침밥을 먹을 이른 시간부터, 백성이 하나둘 신단수 아래에 모이기 시작했다.

자 이제 시작을 해도 되겠습니다.

운사는 하늘님에게 나직한 목소리로 말했다.

그래. 십이지신들은 모두 모였소?

네. 다들 일찍부터 모여 준비하고 있었습니다.

풍백은 얼굴에 그윽한 웃음을 띠며 말했다.

그럼, 우사. 십이지신들에게 앞으로 나오라고 이르시오.

십이지신은 모두 하늘님 앞으로 나오라.

우사가 작은 눈을 더 작게 뜨며, 카랑카랑한 목소리로 말했다.

우사의 말이 끝나자, 백성들은 모두 하던 이야기를 멈추었고, 이제 정말 대결이 시작되었다고 생각했다. 백성들은 하늘님에게 주목했고, 고요한 분위기가 흘렀다. 십이지신들은 모두 하늘님 앞에 한 줄로 섰다. 비장한 표정과 늠름한 모습으로, 엄숙함이 어우러져 마치 출병하는 장수의 모습과도 같았다.

그래, 십이지신들이 다 모였구나. 어제 잠들 잘 잤는가?

네!

한목소리로 대답을 하였다. 그 소리가 얼마나 우렁찼는지 신시를 둘러싼 산의 골짜기마다 메아리가 울려 퍼졌고, 그 소리에 놀란 새들이 날아올랐다.

그래 다행이군. 어디 몸이 불편한 지신은 없는가?

없습니다!

이번에도 마찬가지였다.

하늘님은 고개를 끄덕이며, 인자한 웃음을 지었다.

운사 호리병을 가져와 십이지신들에게 나눠주시오.

운사는 십이지신들에게 호리병을 나누어주었다. 호리병은 흔히 볼 수 있는 것처럼 생겼고, 누런 색깔에 손바닥만한 크기였다. 그리고 마개가 호리병의 주둥이를 막고 있었다. 호리병을 받는 십이지신들의 모습을 보니, 긴장한 기색이 역력했다. 특히 '묘(토끼)'는 호리병을 받기에 앞서, 침을 꼴깍 삼키기도 했다.

이 호리병은 하늘님께서 대결을 앞둔, 그대들에게 특별히 하사하시는 것이다. 하늘나라의 신물로, 웬만한 충격에도 깨지지 않는다. 신력이 센 '인(호랑이)'이 악력으로, 이 호리병을 한 번 깨 보아라.

왜 나에게? 당황한 표정의 '인(호랑이)'이 손아귀에 힘을 주기 시작했다. 어, 이상하네. 호리병이 깨지지 않네. '인(호랑이)'은 더욱 힘을 쓰기 시작했다. 급기야 얼굴이 빨개지고, 이마에 땀이 나기 시작했으나, 호리병에는 금이 갈 기미가 보이지 않았다.

됐네. '인(호랑이)'. 어떤가? 이 호리병이 얼마나 단단한지 모두 잘 보았는가?

운사는 모두를 향해 물었다.

오늘의 대결은 신시의 임금을 정하는 것이라, 특별히 신경을 썼네. 이 대결에 참가하는 십이지신들은, 이 일이 얼마나 중요한 것인지, 다시 한번 그 의미에 대해 생각해 보길 바라네. 우사는 대결의 규칙을 공표하시오.

하늘님은 십이지신들과 우사를 번갈아 보며, 이야기를 하였다.

네. 하늘님.

십이지신들은 잘 들으라. 하늘님께서도 말씀하셨지만, 오늘의 대결은 신시의 임금을 정하는 것으로, 신시에서 진행되고 있는 여러 가지 일 가운데 으뜸이다. 당연히 신시의 백성들에게도 매우 중요한 일이다. 만약 지금 이 자리에 있는 자 가운데, 누구라도 대결에 참가하고 싶은 사람이 있다면, 이 자리에 올라와도 좋다. 이것 또한 하늘님의 뜻이시다.

이 말을 들은 신시의 백성들은 몹시 놀랐다. 그리고 누가 나서지 않나 살펴보기 시작했다. 백성들은 대개 마을에서 힘을 좀 쓴다는 젊은이들을 먼저 살펴보았다. 그리고 고갯짓과 눈빛을 통해, 나가길 권유하기도 했다. 그러나 아무도 나서는 자가 없었다. 그 누가 감히 십이지신들과 겨룰 수 있겠는가? 마을 사람들의 무언의 추천을 받았던 젊은이들도, 십이지신들의 늠름한 모습을 보고, 감히 도전할 생각을 갖지 못했다.

지금 이 자리에서 참가하기를 희망하는 사람이 없는가?

다시 우사의 그 카랑카랑한 목소리가, 백성들의 귓속을 파고들었고, 이 소리로 인해 신단수 주변은 다시 고요해졌으며 엄숙해졌다.

그럼 참가를 희망하는 자가 없는 것으로 알겠네. 이제 대결의 규칙을 이야기하겠네. 이 규칙은 꼭 지켜져야 하며, 이 규칙을 듣고 있는, 이곳에 모인 백성들이 증인이 되네. 만약 누구라도 규칙을 어기게 되면, 그 지신은 일등을 하더라도, 그것을 무효화 하겠네. 잘 알겠는가? 대결에 앞서 규칙을 지키겠다고 모두의 앞에서 맹세하게.

네! 잘 알겠습니다! 십이지신 중 '자(쥐)' 맹세합니다! '축(소)' 맹세합니다……

십이지신이 모두 맹세를 하였다.

첫째, 대결 중에 신력을 사용하지 말게. 자네들의 힘은 이곳 인간 세계가 감당해 낼 수 없네. 신력을 사용하여 자연과 사람들의 삶의 터전이 파괴되면, 지금 사는 사람들은 물론이고, 이들의 후손들의 삶에도 악영향을 끼치게 되네.

둘째. 자네들이 가는 한라산은, 자네들도 처음 가 보는 곳이라 찾아가기 어려울 수도 있네. 각자 지혜롭게 행동하게. 자네들이 가진 호리병에는, 반드시 한라산 정상에 있는 백록담의 물이 담겨 있어야 하네. 다른 곳의 물은 안 되네. 지구에 있는 산 중, 정상에 호수가 있는 산은 그리 많지 않네. 이점을 유념하게. 그리고 한라산이 있는 제주는, 신시를 기준으로 남쪽에 있으니, 남쪽으로 방향을 잡게. 규칙은 이 두 가지로 많지 않네. 이것을 모두 지킬 수 있겠는가?

네! 지키겠습니다! 우렁찬 십이지신들의 목소리가 신시에 울려 퍼졌다.

마지막으로 할 말이 있는가?

예~ 대결을 시작하기에 앞서, 다른 지신들에게 할 말이 있습니다.

'자(쥐)'는 여유로운 표정을 지으며, 다른 지신들 앞으로 나섰다.

그래. 하게.

말을 마치고 운사와 우사, 풍백은 하늘님의 곁으로 갔다.

뭔데? '자(쥐)'.

'신(원숭이)'이 의아한 표정을 지으며 물었다.

출발 전에 몸을 풀고 있던 '인(호랑이)'은, 할 말이 있다는 '자(쥐)'의 이야기가 귀찮은 듯, 고개도 돌리지 않고, 대답을 재촉했다.

빨리 얘기해!

알았어. '인(호랑이)'.

마치 이런 분위기를 예상이라도 한 듯, '자(쥐)'는 무덤덤하게 말을 이어나갔다.

다름이 아니라... 제안을 하나 하려고.

'자(쥐)'는 다른 지신들의 얼굴을 하나하나 살펴보고, 아주 중요한 이야기를 할 것처럼 뜸을 들인다.

할 말이 있으면 빨리 얘기해!

'자(쥐)'의 말이 궁금한 듯, 과묵한 '진(용)'이 나서서 재촉한다.

'자(쥐)'는 다른 지신들이 자기를 주목하고 있다는 것을 확인한 후, 이야기를 꺼낸다.

알았어. 다름이 아니고, 내가 곰곰이 우리들의 대결에 대해 생각을 해봤거든. 근데 말이야. 이 대결이 결코 쉬운 것이 아니더라고. 왜냐하면, 우리 중 누구 하나라도, 한라산이 어디에 있는지, 아는 지신이 없기 때문이지. 심지어는 거기까지 가는데, 시간이 얼마나 걸릴지도 모르고. 그러니까 무작정 출발하는 것은 너무 어리석은 행동이 아니겠어?

'자(쥐)'는 자신의 말을 마치고, 다른 지신들의 생각을 묻기라도 하듯, 그들의 얼굴을 하나하나 쳐다봤다.

'자(쥐)'의 말이 일리가 있어. 나도 사실 그것 때문에 어찌해야 하는지. 생각을 정하지 못했어. 남쪽에 제주가 있다는... 방향만을 알고 있으니까 말이야.

'축(소)'이 '자(쥐)'의 말에 동의하자, 다른 지신들도 고개를 끄덕이기 시작했다.

과연 그렇군. 어 참! 나는 그런 생각도 못하고. 그냥 시작하면 막 달릴 생각만 했으니……

성질이 급한 '인(호랑이)'이 머리를 긁적이면서, 머쓱한 표정을 지었다.

그래, 이야기를 꺼내는 것 보니까, 뭔가 묘수가 있는가 보네? 혹 한라산이 어디 있는지 아는 거 아니야?

그건 아니고. 한라산에 대한 정보가 부족하니까? 각자 무작정 출발하지 말고, 한라산 백록담에서 물을 뜰 때까지는, 최소한 같이 움직이자는 것이지. 일단 장소를 찾는 것이 중요하잖아? 너희들 생각은 어때?

그래, 그게 좋겠군. 나는 찬성.

'신(원숭이)'이 대답을 하자,

다른 지신들도 동의하기 시작했다. 일단 한라산까지 같이 가기로 정하자, 팽팽했던 긴장감도 풀리기 시작했다. 지신들 사이에 웃음꽃이 피었고, 화기애애한 분위기가 만들어졌다.

'축(소)'의 리더쉽

이제 시간이 되었군. 시작하지.

하늘님의 말과 함께, 십이지신들의 대결이 시작되었다. 십이지신들은 웃으며, 소풍을 가는 기분으로 대결을 시작했다. 신시를 떠나, 남쪽으로 걷기 시작했다.

이거 이 주 동안, 산을 세 개 넘고, 강을 네 개 건넜네. 이틀에 한 번꼴로 산이나 강이 나타나니, 앞으로는 얼마나 더 가야 할지. 원... 그냥 신시에 있을걸. 여기까지 뭣 하러 와서 이 고생인지...

'유(닭)'는 사실 임금의 자리에 관심이 없었다. 권력을 갖는 것보다는, 자유로운 생활이 더 좋았고, 책이나 보고, 다른 지신들과 재미있게 지내는 것을 더 좋아했다. 이번 대결에 '유(닭)'가 참가한 이유는 순전히 혼자 있는 것이 싫어서였다. 다른 지신들이 모두 대결에 참가했으니... 신시에 혼자 남아서 무엇을 하겠는가? 이런 마음을 가지고 있었기 때문에, 생각한 것보다, 고된 여정이 이어지자, 불평하는 말이 제일 먼저 나온 것이다.

'유(닭)' 그럼, 지금이라도 늦지 않았으니, 혼자 돌아가! 가뜩이나 짜증 나는데! 그런 말 자꾸 들으면 나까지 힘이 빠진다고!

'유(닭)'의 말에 화가 난 듯, 인상을 찌푸려 이마의 임금 왕 자를 만들고, '인(호랑이)'이 말했다.

모든 일이 자기 뜻대로 이루어져야 직성이 풀리는 '인(호랑이)'은 혼자 지내는 것을 좋아한다. 그래서 평소에도 다른 지신들과 잘 어울리지 않았다. 배려와 친절이라는 말은, '인(호랑이)'과 거리가 멀어도 한참 멀었다. 이번에도 할 수만 있으면, 혼자서 가고 싶었지만, 한라산이 어디에 있는지를 몰랐기 때문에, 울며 겨자 먹는다고 함께 출발할 수밖에 없었다. 그런데 생각보다, 멀고 험한 길이 계속되자, 다른 지신들보다 더 짜증이 났다. 이런 상황에서 '유(닭)'의 말을 들으니, 가뜩이나 참을성이 부족한 '인(호랑이)'은 화를 참지 못한 것이다.

'어~흥'

끓어오르는 화를 주체하지 못하고 포효했다. 그러자 이 소리에 놀란 새와 노루, 말, 토끼 등 온갖 짐승들이 혼비백산해서, 일제히 사방으로 도망쳤다. 그 가운데는 몹시 놀라, 일어나지도 못하고 주저앉지도 못해, 반쯤 엉성한 자세로, 부르르 떠는 곰이 있었다. 창공을 늠름하게 날던 매가 그 소리에 놀라, 산 바위에 부딪혀서 떨어지기도 했고, 노루와 말이 같은 방향으로 도망치다, 서로 부딪혀 넘어지기도 했다. 이 일대가 순식간에 아수라장이 되었다.

신력만 쓸 수 있다면, 산 넘고 강 건너는 것쯤은 아무것도 아닌데. 신력을 쓰지 않으니 엄청 불편하구만.

자! 다들 힘을 내자고! '인(호랑이)' 조금만 참게. 그리고 '유(닭)' 자네는, '인(호랑이)'의 말대로 이왕 대결에 참가했으니, 나약한 소리는 더이상 하지 말고.

'축(소)'이 나서 '인(호랑이)'과 '유(닭)'의 갈등을 진정시켰다.

여기까지 오는 동안 '축(소)'은 다른 지신들과 재미있는 이야기를 하며, 즐거운 분위기를 만들고자 애를 썼다. 목이 마른 지신들에게 물을 권하고, 땀을 닦아주고, 산을 넘어갈 때는 앞장을 서기도 했다. 그리고 지금처럼 조그만 갈등이 생기려고 할 때, 적절히 개입해서 갈등을 해소하기도 했다. 이런 '축(소)'의 행동에 다른 지신들도 '축(소)'의 노력을 인정해 주었고, 가급적이면 '축(소)'의 말을 따르려고 했다. 이러한 모습들을 누군가 밖에서 관찰한다면, '축(소)'은 십이지신들의 훌륭한 리더라고 여길 것이다.

오늘이 며칠째지? 나직한 목소리로 '인(호랑이)'가 물었다.

이십 일이 지났군. 우리 여기서 잠깐 쉴까? 목이 마르니 물도 좀 마시고. 땀을 많이 흘리니까. 짜증이 나려고 해. 날도 덥고. 여기 나무에 앉아 쉬면서, 매미 소리를 들어보자고.

맴맴 맴맴 매~앰 에엠엠엠엠,,,,,

매미의 소리를 듣고 있으니, 시원해지는 것 같구만. 잠깐 낮잠이나 잤으면 좋겠다.

입가에 얇은 미소를 띠고 '묘(토끼)'가 말했다.

말이 나온 김에, 우리 여기서 잠깐 잘까? 모두 같이 있으니 급할 것도 없고. 안 그래? 저 나무가 좋겠어. 그늘도 넓고. 다들 가자고.

어느덧 '축(소)'은 출발과 휴식을 정하며, 일행을 이끌어 나가고 있었고, 이러한 '축(소)'의 행동을 십이지신들은 자연스럽게 받아들이고 있었다.

아~, 오랜만에 낮잠 잘 잤다. 다들 다 일어났으면, 다시 출발하자고.

'축(소)'의 호령에 십이지신들은 자리에서 일어나, 남쪽을 향해 걷기 시작했다.

저기 앞에 또 산이 보인다.

'자(쥐)'가 아무렇지 않은 듯 담담하게 말했다. 하도 산을 넘어서 그런지, 산을 만나도 별다른 느낌이 없었다. 그런데 산을 향해 가까이 다가가자, 산에서 느껴지는 신령스러운 기운이, 예사롭지 않다는 것을 알았다.

어? 그런데 이번 산은... 이전 과는 다른데... 저 산의 기운을 좀 봐! 대 대단한데!

그래. '오(말)'. 이번 산은 달라. 그리고 산과 주위의 지세를 살펴보니... 헐! 이곳... 이곳은... 지구의 한 가운데야! 지구의 중심축이라고! 이곳에 어마어마한 생명의 기운이 모여 있어!

그간 별말이 없던, '해(돼지)'도 눈이 커지며, 산을 향해 다가가고 있었다.

그래. 이곳은 좀 특별하군. 빨리 올라가 보자. 이곳이 한라산이 아닐까? 정상에 호수가 있을 것 같아!

'축(소)'은 야릇한 기분과 설렘을 느끼며 자신도 모르게 서두르고 있었다. 어느새 손바닥에서, 땀이 나와, 땅에 뚝뚝 떨어졌다. 그런데도 '축(소)'은 긴장을 얼마나 했는지, 그것을 느끼지 못했다. 가까이 가면 갈수록, 산에서 뿜어져 나오는 신령스러운 기운을 더욱 뚜렷이 느낄 수 있었다.

대단하군. 산의 기운이. 내가 살기에 아주 좋은 곳이야. 신시가 자애로운 어머니와 같다면, 이 산은 강인한 아버지의 모습이야! 단순하게 강한 기운만 있는 것도 아니고 성스러움을 겸비하고 있군!

'인(호랑이)' 또한 산에 다가가며 감탄을 연발했다. 그리고 산의 기세에 감격한 나머지 '인(호랑이)'은, 자신도 모르게 두 팔을 들어 올리며 말을 이었다.

산에 형세를 봐봐. 중턱까지는 구름과 안개가 섞여, 잘 보이지 않잖아? 그런데 산의 맨 꼭대기는 구름 한 점이 없어. 마치 산의 정상에는 누구의 발길도 허락할 수 없다는 듯 말이야. 우리가 산을 보고, 그 기세에 눌리다니, 이곳은 참으로 대단한 곳이군. 이곳이 한라산이야! 나는 이곳이 한라산이라고 확신해!

십이지신들도 각자 산에 대해 감탄하면서 더불어 외경심을 품게 되었다. 그리고 이곳이 한라산이라는 '인(호랑이)'의 말에 동의했다.

자 ~ 어서 산에 올라가자고!

성질이 급한 '인(호랑이)'이 서두르며 다른 지신들에게 재촉했다.

산에 들어서자, 크고 작은 바위들과, 셀 수 없는 나무들이 한눈에 들어왔다. 고개를 들어 주위를 살펴보니, 수많은 골짜기과 벼랑들이 어지러이 놓여 있었다. 벼랑을 지나는 길은 한 사람이 겨우 지나갈 수 있을 거 같았고, 올려다보는 것만으로도, 아찔함을 느꼈다. 산세가 이리 험하다 보니, 어디로 가야 할지 고민이 되었다. 거기에 안개가 짙게 펼쳐져, 방향조차 가늠하기 어려웠다. 말 그대로 첩첩산중, 오리무중이었다. 아마 이들이 평범한 사람이었다면, 감히 산 정상에 오르겠다는 생각을 품지도 못했을 것이다. 이 산의 정상에 오르기 위해, 십이지신들은 협력할 수밖에 없었다. '축(소)'이 맨 앞에 서서 길을 찾고, 길이 없으면 길을 만들었다. 안개에 갇혀 방향을 잡을 수 없을 때는, '사(뱀)'가 혀를 날름날름하며 길의 방향을 찾았다. 벼랑 위를 지나갈 때에는, 서로에 몸에 나무줄기를 묶어 연결했다. 이렇게 산을 오르는 동안, 십이지신들은 힘을 합쳤고, 그 과정에서 우정과 신뢰는 더욱 깊어져 갔다.

애들아! 이제 다 온 거 같은데. 이 절벽만 넘어가면 정상이 나올 거 같아.

맨 앞에서 방향을 인도하던 '축(소)'이 뒤를 돌아보고, 웃으며 말했다.

그래, 나도 저 고개 뒤에 호수가 있는 것이 느껴져.

혀를 날름거리며 '사(뱀)'가 말했고, '사(뱀)'의 말을 들은 다른 지신들은 그의 감각을 믿으며 힘을 냈다.

이제 마지막이야! 힘을 내자고!

비 오듯 쏟아지는 땀을 흘리며 '미(양)'가 소리쳤다. 십이지신들은 각자 최선을 다해 마지막 절벽을 올랐다.

다 왔다. 정말. 정상에 호수가 있어! 우리가 찾았어! 찾았다고!

정상에 제일 먼저 올라온 '축(소)'이 감격에 겨워 말하자, 다른 지신들도 정상에 뛰어 올라왔고. 서로 기뻐했다.

이때, '신(원숭이)'은 아무 말 없이, 조용히 호리병에 호수의 물을 채우며 말했다.

근데, 이제 호리병에 물을 담았으니, 우리의 연합은 깨진 거 아니야?

차가운 '신(원숭이)'의 말에 서로를 격려하던, 다른 지신들은 더이상 말을 하지 않았고 각자 호리병에 조용히 물을 담았다. 그들의 머릿속은 임금의 자리에 오를 생각으로 가득 찼다.

그래, 네 말이 맞아. 이제 우리의 동행은 그만 끝을 내야겠지. '유(닭)'는 제외하더라도, 나머지는 각자 양보할 수 없는 목표가 있잖아?

'인(호랑이)'이 담담한 표정을 지으며, 냉정하게 말했다.

이때 '자(쥐)'의 얼굴에는 순간 당혹감이 나타났다. 그러나 다른 지신들은 '자(쥐)'의 얼굴에 나타난 표정을 읽지 못했다.

그래, 아쉬운데. 여기서 각자 흩어지는 것도 나쁘지 않지. 오던 길로 되돌아가면 되니까. 그런데 너무 아쉽지 않아? 산에서 내려가 신시로 돌아가기 전에, 우리 모두를 위한 마지막 식사를 즐기자. 이건 괜찮지?

'축(소)'이 아쉬운 듯, 고개를 숙이며 말했고, 뭔가 아쉬움이 남아 있던 다른 지신들도 '축(소)'의 말에 동의했다.

산에서 내려가는 길도, 오를 때처럼 사이좋게 서로 도우며 내려갔다. 그리고 물가 옆, 널찍한 곳에 자리를 잡았다.

음. 여기가 좋겠네. 음식을 만들기도 좋고, 땅바닥도 평평해서 잠자기도 좋고. 먼저, 먹을 음식과 잠자리를 준비해야 하니까. '신(원숭이)'과 '사(뱀)'는 땔감으로 쓸 것을 가지고 왔으면 좋겠어?

알았다.

그리고 '인(호랑이)'과 '진(용)', '술(개)', '해(돼지)' 등은 우리가 먹을 토끼나, 멧돼지를 충분히 잡아 와.

알았어.

그리고 '오(말)', '미(양)', '묘(토끼)', '유(닭)'는 우리가 잠잘 곳에 돌이 있는지 골라주고, 풀을 베어와서 푹신푹신하게 깔아줘.

알았어. 우리는 좀 쉬운 편이네. 히히히. 편안한 잠자리가 될 수 있도록 할게.

나와 '자(쥐)'는 우리가 먹을 음식을 요리할 게.

이렇게 해서 '축(소)'은 마지막까지, 다른 지신들을 이끌며 만찬을 준비했다. 십이지신들이 움직이자, 순식간에 맛있는 음식과 편안한 잠자리가 만들어졌다.

잠시 후, 고소하고 향긋한 냄새가 주변을 가득 채웠다.

'축(소)'! 냄새 때문에 더 기다리기 힘들어. 아직 더 기다려야 하니? 다 된 거 같은데.

'해(돼지)'가 코를 벌름거리며, '축(소)'과 '자(쥐)'에게 다가와 물었다. '해(돼지)'는 십이지신 가운데 먹는 것을 제일 좋아하고, 음식을 놓고 기다리는 것을 가장 힘들어한다. 그래서 지금도 몸이 바싹 달았다.

아니야. 이제 다 됐어! 이제 음식을 가운데로 옮기면 돼. 다른 지신들에게 다 모이라고 전해줘.

'자(쥐)'가 불에 구운 멧돼지 요리를 가지고 나오며 말했다.

알았어.

'해(돼지)'는 입에 고인 침을 꿀꺽 삼키며, 천진난만한 아이처럼 뛰어나가, 다른 지신들을 불러 모았다.

　모두 수고했어. 이제 오늘의 만찬을 시작하자.

　'축(소)'의 말이 끝나자마자, '해(돼지)'는 왼손에는 멧돼지 고기, 오른손에는 토끼 다리를 들고, 한 입씩 베어 물었다. 다른 지신들도 각자 좋아하는 음식을 손에 들었다. 음식을 살펴보니 멧돼지, 참새, 토끼, 노루, 곰에 이르기까지 주변에서 구할 수 있는 고기들뿐이었지만, 준비한 시간과 장소를 고려해 본다면, 매우 훌륭한 상차림이었다.

　뭐야! '신(원숭이)'!. 너는 아무것도 안 먹고 있네. 왜 그래? 배안 고파?

　맛있게 먹고 있던 '해(돼지)'가 이해할 수 없다는 표정을 지으며 물어봤다.

　아니야. 그냥 속이 안 좋아서... 오늘은 도통 입맛이 없네.

　'신(원숭이)'은 이렇게 말했으나 사실은 '자(쥐)'와 '축(소)'에 대한 의심 때문에 음식을 먹기가 꺼려졌다. 여기까지 오는 동안, '신(원숭이)'은 갑자기 '축(소)'이 나서서, 다른 지신들을 이끌어 나가는 모양새에 매우 기분이 나빴다. 그리고 중요한 때마다, '자(쥐)'가 은근히 '축(소)'의 편을 드는 것, 또한 마음에 들지 않았다. 아까도 그랬다. 왜 하필 '축(소)'이 '자(쥐)'와 함께 음식을 조리하고, 자신을 포함한 나머지 지신들에게, 이런저런 일들을 시켰는지... 다른 지신들은 아무 불만이 없는 것 같지만, 자신이 처음 세운 계획에서, 벗어나 있는 지금의 상황을 생각해 볼 때, 뭔가 찜찜한 기분을 지울 수 없었다.

혹시 '신(원숭이)'. 음식에 독이라도 탔을까 봐. 그러는 거야?

'자(쥐)'가 '신(원숭이)'의 생각을 눈치채고 말했다. 그런데 그 소리가 너무 커서, 다른 지신들도 '신(원숭이)'을 쳐다보게 되었다. 평소 '신(원숭이)'의 의심 많은 성격을 떠올리게 된 지신들은, 모두 '신(원숭이)'이 너무 못됐다고 생각하는 한편, 자신들이 준비한 음식을 의심하는 '신(원숭이)'을 괘씸하게 여겼다.

'신(원숭이)'이라면 그럴 만하지. 그런데 '신(원숭이)'. 여기에 있는 우리를 의심하고 믿지 못하면, 네가 이 대결에서 일등을 한다고 해도, 우리가 너를 따를 수 있을까?

평소에도 하고 싶은 말은 참지 못하고, 전부 하고 마는 '인(호랑이)'은 다른 지신들의 입장을 대변하듯, 당당한 태도로 '신(원숭이)'을 비웃듯 말했다.

'신(원숭이)'은 눈치가 빨랐다. 돌아가는 상황을 보고, 자기의 편을 들어 주는 지신이 없다는 것을 눈치챘다. 그래서 어쩔 수 없이, 음식을 먹기 시작했다.

'신(원숭이)' 안심해. 내가 보니 이 음식에는 독이 없어.

십이지신들 가운데 독에 관해, 자타가 공인하는 전문가인 '사(뱀)'가 말했다. 그리고 보란 듯이 고기를 한 입 베어 물었다.

이쯤 되자, '신(원숭이)'은 자신을 대하는 지신들의 태도를 살펴보았다. 그리고 자신이 곤란한 처지에 빠졌음을 깨달았다. 그러나 평소 '신(원숭이)'의 행동에 불만이 많았던, 다른 지신들은 '신(원숭이)'이 이러한 곤경에 놓이자, 오히려 고소하게 생각했다.

이제 어느 정도 먹은 듯한데. '해(돼지)' 아직 더 먹어야 하니?

'축(소)'이 웃으며 '해(돼지)'를 보고 말했다.

아니 괜찮아. 다 먹었어.

다른 지신들도 모두 괜찮다고 했다. 그래도 '해(돼지)'는 뭔가 아쉬운 듯, 먹을 것이 더 없는지 찾는 눈치였고, 이를 알아차린 '자(쥐)'는 차를 마시고 오늘의 식사를 마무리하자고 했다.

내일 아침 7시에 각자 출발하자. 내일이면 우린 경쟁자로 서로를 마주하겠지. 암튼 오늘 밤만은 편안하게 쉬자.

'축(소)'이 나긋나긋한 소리로 말하자, 각자 생각에 잠겼고 잠자리에 들었다. 귀뚜라미가 떼 지어 울고 있었고, 사방이 고요했다. 평화로운 밤이었다.

배신자들

이런 내 이럴 줄 알았어. 나쁜 놈들! 빨리 일어나! 빨리!

'신(원숭이)'이 분노에 가득 찬 모습으로, 이곳저곳을 방방 뛰어다니며, 다른 지신들을 깨웠다.

뭐 때문에 그래? '신(원숭이)'.

'인(호랑이)'이 눈을 비비며 일어났고, 다른 지신들도 이어 잠에서 깼다. 그런데 몸을 일으키기가 쉽지 않았다. 머리가 깨어질 듯 아팠고, 어지러웠기 때문이다.

'축(소)'과 '자(쥐)'가 없어졌어. 우리가 잠을 잔 사이에 먼저 출발했다고. 이 배신자들이 우리 모두를 속였어!

뭐라고? '신(원숭이)'. 아이고~ 그런데 머리가 아파. 다리가 후들거리고.

여기저기서 두통과 어지러움을 호소하는 말이 이어지고, '신(원숭이)'은 이것이 '축(소)'과 '자(쥐)'의 소행이며, 마지막에 마신 차에, 무엇을 넣은 것 같다고 추리했다. 이에 '인'은 분노의 포효를 했다. 이것으로 열 명의 지신들은 잠에서 완전히 깨었고, 사태를 파악할 수 있었다.

뭐야! 그럼 그토록 믿었던 '축(소)'! 이놈이 우리를 배신했다고!

'인(호랑이)'은 '축(소)'에 대한 배신감에 치를 떨며, 몸을 부들부들 떨었다.

다른 지신들도 마찬가지였다. 그 무엇보다도, 자신들의 믿음을 이용한, '축(소)'에 대한 분노가 제일 컸다. '신(원숭이)'은 그동안 자신이 받았던 수모를 되갚아 주려는 듯, 열을 올리며 '축(소)'과 '자(쥐)'를 향해 욕하기 시작했다. 그와 동시에 자신들이 그들의 계략에 빠졌음을 줄기차게 이야기했다.

이 시간 '축(소)'과 '자(쥐)'는 바쁘게 뛰어갔다. 다른 지신들이 자고 있을 때, 조금이라도 더 앞서야 했기 때문이다. 게다가 '신(원숭이)'은 수면초를 넣고 끓인 차를 조금밖에 마시지 않았다. '신(원숭이)'이 언제 잠에서 깰지 모른다는 생각이 들자 마음이 급해졌다.

수면초는 잠을 자게 하는 약으로, 석 달 전에 신시에서 발견되었다. 약초꾼이 약초를 캐던 중에, 우연히 찾아낸 수면초. 운사는 이것을 환자 치료에 사용하기로 결정하고, 사용 방법에 대해서 고민을 하고 있었다. 그 와중에 우연히 수면초에 대해서 알게 된 '자(쥐)'는, 다른 지신들이 모르게 수면초를 가지고 왔고, '축(소)'과의 모략에 따라 어젯밤 다른 지신들에게 먹인 것이다. 물론 자신들은 수면초를 넣지 않고 끓인 물을 마셨다.

'축(소)'! 빨리 가자고 아마 지금쯤이면 '신(원숭이)'이 깰 때가 됐을 거야. 어제 '신(원숭이)'이 한 모금밖에 먹지 않는 것을 봤거든. 영특한 놈. 더 빨리 달려야 해!

알았어. 그동안 수고 많았어. '자(쥐)'. 약속대로 너와 내가 임금의 자리에 같이 앉자고. 임금의 역할을 반반씩 나누면 되니까. 그리고 계획대로, 다른 지신들이 호리병에 담았던 물을 다 버렸지?

어. '축(소)' 조심조심 움직였지. 그런데 '해(돼지)' 때문에 깜짝 놀랐어. 눈을 뜨고 자더라고. 난 그걸 보고 '해(돼지)'가 잠에서 깬 줄 알고 얼마나 놀랐는지. 하하하.

하하하. 그래? 몹시 놀랐겠네. 하하하

'신(원숭이)'은 다른 지신을 모아, 서둘러 출발할 준비를 했다. 그리고 어지럼증이 있는 지신들에게, 어제 먹었던 것을 토해내게 했다. 먹은 것을 다 토해 내자, 과연 어지럼증이 사라졌다. 이제 남은 일은, '축(소)'과 '자(쥐)'를 잡는 일뿐이다. 열 명의 지신들은 배신자들을 잡는 것을 공동의 목표로 세우고, 맹렬한 기세로 신시를 향해 출발했다.

'자(쥐)'와 '축(소)'은 다른 지신들보다, 열두 시간 정도 앞서 있었다. 만약 '신(원숭이)'이 의심하지 않고, 수면초를 다른 지신처럼 마셨다면, 스물네 시간 즉 하루를 벌었을 것이다. '자(쥐)'와 '축(소)'

은 자신들이 어느 정도의 시간을 벌었는지, 정확히 알 수 없었으나, 자신들이 열 시간 정도 먼저 출발했을 거라고 생각했다.

'축(소)'. 바람의 기운 심상치 않아. 남동쪽에서 바람이 세차게 불어오는 것이 느껴져. 아마 태풍이 올라오는 것 같아. 젠장!

'자(쥐)'가 코를 킁킁거리면서 말했다.

그래? 태풍이 온다고... 어쩔 수 없지. 더 빨리 가는 수밖에...

'자(쥐)'와 '축(소)'은 신시로 돌아가는 길이 헷갈릴 때가 많았다. 한 번 왔던 길이었지만, 돌아가는 길은 또 다르게 느껴졌다. 산과 강 그리고 들판이 계속 이어져 있는 길이, 다 비슷해 보였기 때문이다. 그래서 신시로 돌아가는 가는 데 걸리는 시간이, 예상보다 더 많이 소요됐다.

그러나 쫓아가는 지신들은 상황이 좀 달랐다. '자(쥐)'와 '축(소)'이 간 길을 찾아, 뒤쫓기만 하면 되기 때문이다. 기억을 더듬어 길을 찾아가는 '자(쥐)'와 '축(소)'보다는, 이들을 뒤쫓아가는 다른 지신들의 속도가 조금 더 빨랐다. 그래서 쫓기는 자들과 쫓는 자들의 거리는 점차 좁혀지고 있었다.

조금만 더 힘을 내자! 조금만 더 가면 분명 우리에게도 기회가 있을 거야!

'신(원숭이)'이 다른 지신들을 격려하며 말했다.

알았어. 근데. 남동쪽에서 태풍이 올라오는 것 같아. 세찬 비바람의 기운이 느껴지거든. 이 정도라면 제법 큰 태풍이야. 삼 일 뒤에는 태풍이 우리 앞을 지나갈 거 같아.

'사(뱀)'가 혀를 날름날름 내밀며 말했다.

맞아. 나도 느꼈어. 비바람이 몰아치고 있어. 신력만 쓸 수 있다면, 내가 여의주의 힘을 사용해서 '자(쥐)'와 '축(소)'의 진로를 막을 수 있을텐데……

'진(용)'이 '사(뱀)'의 의견에 동의하면서 동시에 아쉬움을 나타냈다.

얘들아! 아직 기회가 있어! 내 기억에 따르면, 여기에서 신시에 가기 위해서는 강을 네 개 건너야 해. 삼 일 후에는 태풍이 우릴 지나간다고 했으니까? 잘 하면 '자(쥐)'와 '축(소)'의 길목을 태풍이 막아 줄 수 있어.

맞아! 그래! 신력을 쓰면 안 되니까. 태풍이 몰아치면 저놈들도 별수 없을 거야. 일단은 빨리 가자!

'신(원숭이)'의 말에 용기를 얻은 다른 지신들은, 마지막 남은 힘을 내어 달려가고 있었다.

'자(쥐)'와 '축(소)'은 앞서고 있었으나, 여기까지 오면서, 군데군데 길을 찾지 못하고 헤맨 탓에, 쫓아오는 지신들과의 거리가 좁혀지지 않았을지 걱정이 들었다. 그래서 신시까지 두 개의 강만이 남았을 때, 비장의 무기를 꺼냈다. 강을 건너기 편한 자리를 찾아 함정을 만들었다. 그리고 함정 안에 대나무를 사선으로 잘라, 날카로운 곳을 위로 향하도록 박았다. 그리고 그 위에 억새를 깔아, 함정이 보이지 않도록 위장을 했다. 함정에 빠진 지신에게, 부상을 입힐 계획이었다.

이렇게 하면 쫓아오는 지신들의 속도를 늦출 수 있을 거야. 이후부턴, 함정이 어디에 있는지 신경을 쓰면서 가야 할 테니까. 그리고 부상을 당하지 않은 지신들이 서둘러 가려고 한다면, 부상 당한 지신과 갈등이 생길 수도 있지. 그렇게 된다면, 돌 하나를 던져서 새 두 마리를 잡는 격이야.

근데. '자(쥐)' 부상까지 입히는 건. 너무 심한 거 같은데. 이렇게까지 해야 하나?

'축(소)' 잘 생각해 봐. 우리가 다른 지신들을 속였을 때, 그때 이미 우리는 그들과 함께할 수 없는 사이가 된 거라고. 솔직히 말해서 우리가 선을 넘은 거지. 이제 우리는 일등 하는 것 말고는 다른 거 생각할 필요가 없어. 그리고 이 정도의 함정은 가벼운 부상밖에 입힐 수 없을 테니까, 너무 걱정하지 말고.

하긴, 우린 하늘님께서 말씀하신 규칙을 어기지는 않았으니까. 알았어. '자(쥐)'. 빨리 건너가자!

다른 지신들은 이러한 계략에 대해 알지 못했다. 급한 마음에 서두르며 앞으로만 나갔다. 그러다 '자(쥐)'와 '축(소)'이 판 함정에 '묘(토끼)'와 '해(돼지)', '인(호랑이)', '사(뱀)'가 빠졌다. 그중 '묘(토끼)'와 '해(돼지)'가 중상을 입었다. '묘(토끼)'는 왼쪽 어깨를 대나무에 찔려 왼쪽 팔을 움직이지 못했고, '해(돼지)'는 오른쪽 허벅지를 찔려 피를 많이 흘렸다. 생명을 잃을 정도의 심한 상처는 아니었으나, 다른 지신들의 속도에 맞춰 달려갈 수 없었다.

'사(뱀)' 역시 함정에 빠졌으나, 떨어지면서 몸을 살짝 비틀어서 나무에 찔리지 않았고 '인(호랑이)'은 대나무에 팔이 찔렸으나, 바지의 다리 부분을 찢어, 상처를 싸매고 다시 달릴 준비를 했다.

이런 함정까지 파다니! 이놈들을 잡으면 내 용서치 않겠다!

팔에 상처를 입은 '인(호랑이)'이 몸을 부르르 떨며, 분노에 찬 소리를 질렀다. '인(호랑이)'에겐 더이상 말이 필요 없었고, 두 눈엔 아무것도 보이지 않았다.

이거 이제는 전쟁이군!!!

다른 말은 없었으나, '진(용)' 또한 이를 악다문 채, 앞으로 달려갔다.

배신을 당한 지신들은 모두 '자(쥐)'와 '축(소)'에 대한 분노로 인해, 아무것도 눈에 보이지 않았다. 아무리 임금의 자리에 눈이 멀었다고 해도, 동료들에게 함정을 파는 짓까지 할 줄은 몰랐다.

이렇게까지 해야 하는가?

혼자 있기 싫어서 이 대결에 참가한 '유(닭)'는, 분노보다도 허무함을 더 느꼈다. 그리고 이 대결에 더이상 관여하고 싶지 않았다.

이런 어수선한 상황에서 '신(원숭이)'이 나섰다. 먼저 부상 당한 '묘(토끼)'와 '해(돼지)'의 상처를 보고, 자기의 옷을 잘라 지혈을 했다. 그리고 '유(닭)'에게 '묘(토끼)'와 '해(돼지)'를 돌봐달라고 부탁했다. 허무함을 느끼고 있던 '유(닭)'는 '신(원숭이)'의 제안에 두말 없이 승낙했다.

그리고 나머지 지신들은 '인(호랑이)'과 '진(용)'의 뒤를 따라 추격에 나섰다. 결국 '자(쥐)'가 바랐던 지신들 사이의 내분은, '신(원숭이)'이 사태를 수습한 덕에 일어나지 않았다. 오히려 이 일은 나머지 지신들을 자극하여, 더욱더 힘을 내게 했다. '자(쥐)'와 '축(소)'은 함정을 만드느라 시간만 허비한 셈이었다.

내 이놈들을 절대 용서치 않겠다!!

'인(호랑이)'의 타오르는 눈빛은 '인(호랑이)'이 이번 일로 얼마나 크게 분노하였는지를 나타냈고, 옆에서 함께 달리던 '진(용)'에게 그 뜨거운 기세가 그대로 전달되었다.

이거 난리 났군. '인(호랑이)'이 이렇게 화를 내는 건, 처음 보네. 그냥 곱게 끝날 일이 아닌 걸...

'사(뱀)'가 말했던 태풍이 다가왔는지 주위가 어두워졌고, 거센 비가 내렸다. 태풍의 힘은 예상한 것보다 셌다. 천둥과 번개가 몰아치고, 매서운 바람이 다 자란 나무들을 꺾었고, 그 꺾인 나무가 바람에 날리기도 했다. 억새가 바람에 날리는 모습은 성난 물결이 일어나 바다를 이리저리 휩쓰는 것 같았다.

'신(원숭이)'은 이러한 태풍의 위력을 보고 안심했다. 자칫 '자(쥐)'와 '축(소)'에게 힘도 써보지 못하고 질 판이었는데. 태풍이 이렇게만 불어 준다면 '자(쥐)'와 '축(소)'의 길을 막을 것이라고 확신했기 때문이다.

그래. 비바람아! 더 거세게 몰아쳐라! 그래서 누구도 한가람을 건널 수 없게 해라! 제발!

한가람은 신시 근처에 있는 강이다. 워낙 넓고 깊어서 한가람을 처음 본 사람은 바다라고 생각한다. 그래서 이름도 아주 큰 강이라는 뜻의 한가람이라고 부른다. 평소에는 잔잔하게 흐르지만, 지금처럼 태풍이 불게 되면, 물살이 빨라지고, 수위가 높아져, 누구도 건너갈 수 없게 된다. 십이지신들도 신력을 쓰지 못하면, 태풍이 지나갈 때까지 기다릴 수밖에 없는 곳이다.

'자(쥐)' 어떡하지? 비바람이 그칠 기미가 없어 한 시간을 기다렸지만, 시간 낭비야! 이제 곧 다른 지신들이 올 텐데!

여유롭던 예전의 모습은 사라지고, 초조함에 가득한 모습으로 '축(소)'이 발을 동동 구르며 말했다.

'축(소)'. 이런 날씨에 나라고 별수가 있겠어. 에잇! 모르겠다! 우리 그냥 가자! 이러고 있으면 시간만 지나간다고.

'자(쥐)'! 물살을 봐! 우리가 물에 들어가면 저 나무처럼 그냥 휩쓸려 갈 걸.

이때. 어홍~ 하는 '인(호랑이)'의 고함이 들렸다. 이 소리에 놀란 '자(쥐)'와 '축(소)'이 뒤를 돌아보자.

저 멀리에서 이글거리는 커다란 푸른 빛 덩어리와, 조그만 붉은 빛 두 개가 무서운 속도로 달려오고 있는 것이 보였다. '자(쥐)'와 '축(소)'은 푸른 빛 덩어리는 분노로 가득찬 '인(호랑이)'의 형체고, 붉은빛 두 개는 자기들을 주시하는 '진(용)'의 눈빛임을 한눈에 알아보았다. 그리고 그 뒤로, 나머지 지신들이 맹렬한 기세로, 달려오고 있다는 것을 느꼈다.

십이지신의 위기

이거 큰일이야! 다른 지신들이 이렇게 빨리 올 줄이야! '축(소)'!
이젠 다른 선택이 없어. 네가 나를 업어라. 우리 둘이 함께 한가람
을 건너야겠어!

다급한 소리로 '자(쥐)'가 말했다.

뭐! 지금 저 물살을 봐! 너무 위험하다고

'축(소)'! 안 보여. 다른 지신들이 달려오고 있잖아! 어서!

음... 알았어.

'자(쥐)'와 '축(소)'은 이곳에서 더이상 지체할 수가 없었다. 여기
서 꾸물대다, 분노에 찬 다른 지신들이 이곳에 도착하게 되면, 자신
들을 공격할 게 뻔하고, 그렇게 되면, 수적으로 불리한 자신들이 패
할 수밖에 없기 때문이다. "에라 모르겠다. 죽기 아니면 까무러치기
다"라고 외치며 물에 뛰어들었다.

풍덩!!

그런데 물살이 밖에서 보는 것보다 더 셌다. 물속에 들어오니 앞
으로 전진하기는커녕, 가만히 버티고 서있기에도 힘에 부쳤다. 자꾸
몸이 물살에 휩쓸려 떠내려갔다. 그렇지만 여기서 물러설 수는 없
었다. 물러서면, 당장 분노에 가득찬 '인(호랑이)'와 '진(용)'을 상대
해야 하기 때문이다.

눈을 부릅뜨고, 온몸에 힘을 주고, 한발, 한발 앞으로 내딛었다.
그러나 몸은 물살에 휩쓸려, 자꾸만 내려갔다. 이때 '인(호랑이)'과
'진(용)'이 막 도착했다. 그리고 이들은 누가 말릴 틈도 없이, 물에

뛰어들었다. 오직 배신자들을 용서할 수 없다는 생각만이 '인(호랑이)'과 '진(용)'의 머릿속에 가득 차 있었다. 그리고 뒤를 이어서 도착한 지신들도 물에 뛰어들기 시작했다.

　얘들아! 잠깐 위험해!

　냉정함을 유지한 '신(원숭이)'은 물살을 보니, 너무나 위험해 보였다. 그래서 강둑으로 물러섰다. 그러나 뒤쳐져 있던 '유(닭)', '묘(토끼)', '해(돼지)'를 제외하고는 모두 물살에 뛰어든 뒤였다. '신(원숭이)'이 강둑에서 보니, 물에 뛰어든 지신들은 앞으로 나갈 수도 없고, 뒤로 물러날 수도 없는 상태에 놓여 있었다. 다만 버티고 있을 뿐이었다. 그러나 몸은 점점 더 물살에 휩쓸려 빠지고 있었다.

　'자(쥐),와 '축(소)'은 강물에 휩싸여, 강 아래로 한참 휩쓸려 가고 있었고, 다른 지신들도 물속에서, 중심을 잡지 못하고 허우적거렸다.

　큰일 났군. 이대로 있으면 모두 다 물에 빠져 죽겠어.... 이런 젠장! 임금의 자리에 눈이 멀어... 십이지신들의 운명이 여기서 끝나겠구나!

　'신(원숭이)'은 이 위태로운 상황을 보며, 다른 지신들을 구하려고 했으나, 어찌할 도리가 없었다. 친구들을 구하기 위해서, 대결 중에 사용이 금지된 신력을 쓰기로 결심했다.

　두 검지손가락을 양쪽 관자놀이에 대며 "신(원숭이)"이라고 외치자, 온몸에서 금빛 햇살이 생겨 '신(원숭이)'의 몸을 감쌌다. '신(원숭이)'은 이어 머리카락을 뽑아, 분신술을 사용해서, 자신의 몸을 일곱 개로 만들었다. 그리고 한치의 머뭇거림도 없이, 거대한 물결을 향해 뛰어들었다. 신력을 쓰고 있지만, 태풍의 위력이 합쳐진 한 강의 물결은 막아내기 어려웠다. 거대한 물결이 부딪칠 때마다, 온 몸이 부서질 듯 아픔이 밀려왔다. 예상한 것보다, 바람과 물이 힘이 너무 셌다. 그러나 물에 빠져 정신을 잃어가는 친구들을 보고, 포기 할 수는 없었다. 마지막 힘을 짜내, 물에 빠져 늘어져 있는 여덟 지신들을 강둑으로 옮겼다.

　이제 끝이다! 나는 신력을 사용했으니... 이번 대결에서 탈락했구 나! 그래도 어쩔 수 없잖아.

　임금의 자리에 대한 미련을 버린 '신(원숭이)'은 마음이 아주 편안 해지는 것을 느꼈다. 그리고 물을 먹고 정신을 잃은, 다른 지신들을 하나하나 돌봐 주고, 자신의 행동을 돌아보고 있었다.

　이때 한가람의 물결이 좌우로 출렁이다가, 태풍의 힘을 받아, 산 이라도 집어삼킬 듯, 커다란 물결을 일으켰다. 그리고 그 물결이 먹 이를 향해, 달려드는 악어의 아가리처럼, 아홉 지신을 향해 덮쳐오 고 있었다. 하지만 대결에서 탈락했다고 생각해, 실망감에 빠져 멍 하게 있던 '신(원숭이)'은, 이러한 위기를 느끼지 못하고 있었다.

일촉즉발

하늘님, 물을 다스리는 법을 기록하여 책을 만들고 『치수』라 이름을 지었습니다. 내일 『치수』를 백성들에게 전하겠습니다.

운사는 겸손한 태도로 하늘님에게 보고하였다.

음 수고했구려. 이것으로 우리가 하늘나라로 떠난 이후에도, 백성들의 삶이 안전해질 것이오.

하늘님은 만족하는 표정으로 대답했다.

운사가 보고를 마치자, 풍백도 하늘님에게 보고했다.

저 또한, 농사 짓는 법과 고기 잡는 법을 책으로 만들어, 이름을 『풍요』라 하였습니다. 책의 앞부분은 농사에 대해서, 뒷부분은 고기 잡는 법에 대해 상세히 기록했습니다. 저도 운사와 같이 내일 『풍요』를 백성들에게 전하겠습니다.

풍백 수고했소. 그리고 책의 내용을 두 부분으로 잘 나누었소. 백성들이 쉽게 배울 수 있을 것이오.

저 또한, 『8조 금법』을 완성하였습니다. 사람으로서 해서는 안되는 행동을 8개로 정하고, 이를 어길 시, 어떻게 처리해야 할지에 대해 기록했습니다. 내일 『8조 금법』을 알리고, 시행하겠습니다.

우사도 수고했소. 『8조 금법』을 통해 백성들의 삶에 질서가 생길 것이오.

모두 수고했소. 다시 한번 그 노고를 치하하오. 그리고 이 책들을 보관할 장소를 만듭시다. 앞으로 이 책들을 기반으로 하여, 여러 분야에서, 지식들이 늘어나게 될 것이오. 그것들도 기록하여, 같이 보관하게 합시다. 그리고 신시에서 생겨난 지식은, 온 세상 사람들에게 전해지게 하시오. 무릇 지식이란 한곳에 모여 머물러 있어서는 안 되오. 그리되면, 고인 물처럼 썩게 될 것이니... 지식은 자유롭게 퍼지고, 합쳐져야, 더 큰 지식을 이룰 것이오.

하늘님의 말씀에 운사는 진심으로 감복하며 말했다.

하늘님의 큰 뜻을 들으니, 사람들에 대한 사랑이 느껴집니다. 모든 사람이 행복해지길, 바라시는 마음에 감동됩니다. 하늘님의 이러한 마음을 백성들도 알아, 아름다운 터전을 지키고 넓혀가, 더 행복한 세상, 평화로운 세상을 만들기를 소원합니다.

운사가 말을 마칠 때, 하늘님과 운사, 우사, 풍백은 한가람에서 '신(원숭이)'이 신력을 사용하는 것을 느꼈다. 무엇인지 알 수 없지만, 위태로운 일이 벌어졌다는 걸 직감했다. 그래서 하늘님과 운사, 우사, 풍백은 하늘로 몸을 날려, 활이 활시위를 떠나 하늘을 향해 날아가듯, 비바람을 뚫고, 한가람으로 향했다. 그리고 한가람에 도착하자, 주위를 살펴 상황을 파악했다. 아홉 지신이 한가람 변에서, 기진맥진한 상태로 쓰러져있는데, 거대한 물결이 그들을 향해 맹렬한 기세로 다가와, 덮치려 하고 있었다. 그러나 아홉 지신 중 누구도 자신들이 처한 위기를 알지 못한 거 같았다. 하늘님과 운사, 우사, 풍백은 삼각형의 모양으로 서서 진을 갖추고, 두 손을 모아 가슴에 대고, 신력을 합쳐, 아홉 지신을 덮치는 파도와 태풍의 눈에 거대한 빛을 차례로 쏘았다.

잠시 후 물결이 잔잔해지고 태풍은 거짓말처럼 사라졌다. 엄청난 힘으로, 세상을 파괴할 것 같았던 한가람은, 평온하고 고요한 모습으로 바뀌었다.

이게 어찌된 일이냐?

하늘님이 나직한 소리로 '신(원숭이)'에게 물었다. 그러자 '신(원숭이)'이 엎드려 울면서, 그간의 일들을 자세하게 말하였다.

어허. 몰랐구나... 혼돈의 힘이 십이지신들에게까지 미치고 있었다니.... 앞으로 어떤 일들이 벌어질지 걱정이로구나!

하늘님이 혀를 차며 안타까운 눈으로 아홉 지신들을 돌아봤다. 그리고 운사, 우사, 풍백과 함께 신시로 돌아갔다.

십이지신의 반성

십이지신들은 각자의 방에서 나오지 않고 있었다. 누구는 일주일 동안 음식을 먹지 않고, 누구는 제대로 잠을 자지 못했다, 가만히 창밖을 바라보고 있기도 했다. 십이지신들은 저마다의 방식으로 자신들의 행동을 뉘우치고 있었다.

운사.

예. 하늘님.

십이지신들에게 호리병을 가지고, 내 처소로 모이라 하시오.

예. 알겠습니다.

하늘님이 엄숙한 모습으로 자리에 앉아 있고, 그 아래 운사와 우사와 풍백은 나란히 서 있었다.

하늘님. 십이지신들이 모였습니다.

안으로 들라.

십이지신들은 누가 뭐라고 하지 않았지만, 하늘님의 앞에 스스로 무릎을 꿇고 앉았다. '자(쥐)'와 '축(소)'은 고개를 숙이고, 하염없이 눈물을 흘리고 있었으며, 나머지 지신들 또한 눈을 감고 있었다.

우사가 날카로운 소리로 '자(쥐)'와 '축(소)'에게 물었다.

왜? 우느냐!

흑흑. 흑흑. 저희들이 잘못했습니다. 동료들을 볼 면목이 없고, 스스로에게도 부끄럽습니다. 저희들을 벌하여 주소서. 흑흑흑,,,

이 말을 들은 다른 지신들도 반성하고 있었다. '유(닭)'는 '자(쥐)'와 '축(소)'의 말을 듣고, 눈물을 주르르 흘렸다. 신시에 돌아와서, 생각해 보니, 모두 탐욕에 빠져있었다. 임금의 자리에 오르기 위해서라면, 무엇이라도 할 수 있을 기세였다. 임금의 자리에 욕심이 없었던 '유(닭)'를 제외한 모두가 똑같았다. 만약 자신에게 유리하다는 생각이 들었다면, '자(쥐)'와 '축(소)' 뿐만 아니라, 다른 지신들도 이와 똑같이 행동했을 것이다. 즐겁게 지내다가도, 대결이라는 것을 인식했을 때, 이들은 서로를 경계하며, 자신의 승리만을 생각하지 않았던가? '유(닭)'는 지난 일에 대해 그렇게 생각하고 있었다.

저 '신(원숭이)'은 임금의 자리에 오르고자, 동료들을 이간질하고, 갈등을 조장했습니다. 저를 벌하여 주소서.

아닙니다. 저 '인(호랑이)'을 벌하여 주소서.

아닙니다. 저 '진(용)'을 벌하소서.

십이지신들이 서로 자신을 벌해 달라고 청하고 있었다. 이들은 진심으로, 자신들의 행동과 마음을 뉘우치고 있었다. 이 모습을 지켜보던 하늘님이 십이지신들을 바라보며 말했다.

욕심이 커지니 다툼이 일어나고, 다툼이 벌어지니 공멸을 부르는구나. 공멸의 위기에 처해 있던, 너희들이 모두 살 수 있었던 것은, 마지막 순간에 욕심을 버렸기 때문이다. 음~ 이번 일을 마음에 깊이 새겨라. 너희를 살린 것은, 강한 힘과 높은 자리가 아니라, 친구를 위해 욕심을 버린 것이었다.

하늘님은 십이지신들을 향해 자애로운 웃음을 지으며 말했다.

너희 중 아직도 임금의 자리에 오르고 싶은 자가 있느냐?

......

이번 일을 통해, 십이지신들은 욕심이 얼마나 무서운 것인지 깨달았다. 그리고 세상의 부와 명예에 대해서도 초연하게 되었다. 그래서 어느 누구도 임금의 자리에 오르고 싶어 하지 않았다. 하늘님의 물음에 아무런 대답을 할 수 없었다.

사실 '자(쥐)'와 '축(소)'이 제일 먼저 신시에 들어왔어도, 임금의 자리에 오를 수 없었다.

십이지신들은 하늘님의 말을 듣고, 무슨 말인지 이해가 되지 않아 어리둥절했다.

너희들이 가져온 호리병을 꺼내 보아라. 그 호리병들은 하늘나라 신물이다. 백록담의 물을 담으면, 호리병이 파란색으로 변하게 된다. 너희들의 것을 살펴봐라. 어떠하냐?

'자(쥐)'와 '축(소)'이 호리병을 꺼내자, 십이지신들의 눈이 모두 호리병으로 모였다. 그러나 호리병은 원래 색인 누런색을 띠고 있을 뿐이었다.

호리병의 색이 변하지 않았으니, 담긴 물이 없거나, 다른 물이 담겨 있다는 것이다. 너희들은 바다를 건넜느냐?

아닙니다. 저희들은 바다를 건너지 않았습니다. 지구 중심에 자리를 잡은, 신령스러운 산의 꼭대기에서 물을 떠 왔습니다.

'자(쥐)'가 조심스럽게 머리를 조아리며, 작은 소리로 말했다.

그래. 그렇다면, 너희들은 한라산에 간 것이 아니라, 백두산 천지에 가서 물을 떠 왔구나.

하늘님의 말을 듣자 십이지신들은 모두 얼굴이 빨개졌다. 한라산 백록담을 찾지도 못하고, 다른 곳에서 갔다 와서, 그 난리를 피웠으니, 생각만 해도 부끄러웠기 때문이다.

너무 창피해하지 말아라. 사실, 너희들이 백두산 천지로 갈 줄 알고 있었느니라. 백두산의 영험함에 스스로 압도되어, 올바른 판단을 내리기가 힘들었을 것이다. 아니 좀 더 솔직히 말하면, 너희들에게 이번 대결을 시킨 것은, 임금의 자리를 주려고 한 것이 아니라, 다른 이유가 있었느니라.

하늘님의 말을 들은 십이지신들은 너무 놀랐다. 그래서 여태껏 숙였던 머리를 들어 올리며, 하늘님의 얼굴을 쳐다보았다.

오늘은 이만 됐다. 너희들에게 명할 것이 있으니, 내일 다시 오거라.

하늘님의 음성은 따사로웠다.

제4화 하늘님의 대비책

음. 십이지신들은 모두 모였느냐?

네 모두 모였습니다.

그래, 자리에 앉아라.

하늘님의 처소에는 동그란 탁자에, 의자가 열세 개가 놓여 있었다. 하늘님을 중심으로 십이지신들은 둥그렇게 앉았다.

내가 신시를 다스린 지도 백 년이 되었다. 그동안 신시에 사는 백성들의 생활은 몰라보게 좋아졌지. 먹을 것이 풍부해졌고, 가뭄이나 홍수에도 안전해졌으니까? 백성들이 먹고 마시고 입고, 생활하는 것을 보아라. 어디 예전과 비교나 할 수 있겠느냐? 그래서 백성들의 생활을 보고 안심하였다. 그런데 알고 보니 그게 다가 아니었더구나. 어느 순간에 백성들은 남들보다 편하고, 풍족한 생활을 하기 위해서, 서로 다투고 있더구나. 심지어는 먹고 입는 것 때문에 부모와 형제, 자매 사이에도 싸움을 하더구나. 백성들의 이러한 모습을 보고 깨달았다. 이대로 시간이 지나면, 신시는 물론이고, 이 지구가... 사람들 사이의 싸움으로 멸망하리라는 것을. 그리고 이 모든 것이 혼돈으로부터 나왔다는 것을....

하늘님의 이야기를 들은 십이지신들은 고개를 끄덕이며, 신시의 모습을 돌아보고 있었다. 그리고 하늘님의 우려에 공감하기 시작했다.

너희들도 알다시피 혼돈은 내가 신시를 계획할 때, 아무런 관심을 보이지 않았다. 그래서 우리는 혼돈이 우리의 과업에 관심이 없다고 생각을 했지. 그런데 어느 때부터인가 알 수 없는 천재지변이 생기더구나. 홍수가 나고, 오래도록 가뭄이 들고, 땅이 갈라지기도 하고.

처음에는 그 일들을 잘 수습하려고 했었다. 그런데 이러한 일이 반복되자, 그 원인을 생각하게 되었고, 이러한 일의 배후에는 혼돈이 있다는 것을 알게 되었지. 사람들에게 공포를 느끼게 하고, 욕심을 불어넣고 있더구나. 공포와 욕심을 통해, 신시와 지구를 멸망시키려고 하겠지.

혼돈은 천재지변으로 사람들을 괴롭히는 것이 아니라, 신시의 백성들에게 두려움과 욕심을 불어 넣어, 백성들 스스로가 신시를 무너뜨리게 하고, 마지막엔 사람들 스스로가 지구를 멸망시키는, 계획을 세우고 있다는 말씀이시군요. 이 일을 생각하니, 정말 두렵습니다. 욕심이 사람들뿐만 아니라, 우리 안에서도 다툼을 일으키지 않았습니까?

하늘님의 말을 듣고, 옛날부터 지금까지의 일을 떠올리며, '신(원숭이)'이 말했다.

하늘의 별들을 살펴보니... 이천 년이 지나면, 혼돈의 힘이 강성해져, 지구 전체에 퍼질 것이다. 우리가 아무런 준비를 하지 않는다면, 이 지구는 엄청난 혼란에 휩싸이겠지. 결국, 지구는 사람들에 의해 멸망할 것이야.

하늘님의 말을 들은 십이지신들은, 미래의 광경을 상상해 보며 안타까워했다. 그리고 혼돈에 대해 정의로운 분노를 품었다.

하늘님은 이런 십이지신들의 모습을 보며 말을 이어갔다.

너희들도 욕심이 얼마나 무서운 것인지, 이번 일을 통해 깨달았을 것이다.

십이지신들은 이 말을 듣고, 몹시 부끄러워져서 고개를 숙였다.

너희들을 탓하려고 하는 말이 아니다. 너희들은 욕심을 부렸던 지난 일에 대해, 가슴 아파하고 반성하지 않았느냐? 그리하여 난 너희들에게, 이 지구에서 살아갈 후손들의 삶을 맡기고자 한다. 너희들이 혼돈에 맞서거라. 앞으로 있을 위기로부터, 사람들을 구해내거라. 이것이 내가 너희들에게 맡길 소명이니라.

하늘님. 저희들이 혼돈을 상대할 수 있겠습니까? 저희들은 자신이 없습니다.

'축(소)'이 머리를 조아리며, 근심에 가득 찬 얼굴로 말하였다.

이번 대결을 통해, 너희들은 욕심의 무서움을 알았다. 그리고 마지막엔 욕심을 버려, 스스로 만든 위기에서 벗어나지 않았느냐? 난 너희들이 혼돈으로부터, 사람들을 지켜낼 것으로 믿는다. 너희에게 신시에 사는, 아니 지구에 사는, 모든 생명의 운명이 걸려 있노라. 나의 명을 부디 거절하지 말라.

하늘님은 십이지신들을 바라보며, 눈물로 호소했다. 이러한 모습에 십이지신들은 가슴속 깊은 곳에서 올라오는 소명감을 느꼈다.

제가 성격이 급하고, 지혜가 부족하여, 여러 번 실수를 하였지만, 어찌 하늘님의 이 같은 분부를 거절할 수 있겠습니까? 저의 모든 것을 바쳐, 하늘님의 명을 받들겠습니다.

'인(호랑이)'이 비장한 각오로, 눈물을 흘리며 다짐을 했다. 이러한 모습을 보고, 나머지 지신들도 '인(호랑이)'과 함께, 하늘님의 명을 받들기로 맹세를 했다.

저 '자(쥐)'. 하늘님의 지엄하신 명에 따르겠습니다.

'축(소)'. 하늘님의 명에 따르겠습니다.

십이지신들이 한마음으로 하늘님께 맹세를 하자, 하늘님은 십이지신들이 해야 할 일들을 이야기해 주었다. 이 일이 있고 난 뒤, 십이지신들을 본 사람은 없었다.

하늘님은 하늘나라로 가기 전, 신시에서 해야 할 일을 마무리하느라 매우 분주하게 지냈다. 제일 먼저 임금을 정했다. 임금의 자리에 오른 자는 배골의 촌장으로, 이송이라는 인물이다. 그는 매사에 판단력이 뛰어나며, 성품이 인자하고, 공정한 사람이었다. 비록 이름난 인물은 아니었지만, 하늘님이 평소에 눈여겨보던 사람이었다. 이송을 임금으로 세울 때, 신시의 백성들은 당황스러워했다. 왜냐하면, 이송은 백성들에게도 의외의 인물이었기 때문이었다. 그러나 하늘님이 직접 나서, 이송이 배골에서 처리했던 일들을 알리며, 이송의 인품을 칭찬하자, 백성들은 이송을 신뢰했고, 자신들의 임금으로 인정하였다. 임금을 세우자, 운사와 우사, 풍백이 했던 일들을 맡아서 할 인재들도 찾았다. 뱀골의 허숭과 들골의 김유 그리고 신시에서 힘이 세기로 유명한 송찬에게, 운사와 우사와 풍백의 역할을 맡기기로 했다. 이들은 이송과는 달리 신시에서 익히 알려진 자들이었다. 그래서인지 백성들의 신뢰를 얻는 데, 별다른 어려움이 없었다. 이들을 통해 운사가 만든 『치수』와 풍백이 만든 『풍요』가 백성들에게 전해지도록 준비하였다. 그리고 우사가 만든 『8조 금법』이 계속해서 잘 지켜지도록 명했다. 마지막으로 하늘님은 아이들이 가림토와 삶의 필요한 지혜와 문화를 배울 수 있도록, 서당을 만들었다. 그리고 이곳에서 아이들을 교육할 선생을 선발했다.

신들의 승천

계획한 모든 일들을 마치고, 하늘님과 운사, 우사 그리고 풍백이 하늘나라로 승천할 때가 다가왔다. 모든 신시의 백성들이 신단수에 모여, 하늘님과 운사 우사 풍백을 배웅하려고, 아침부터 모였다. 그리고 하늘님과 운사, 우사, 풍백과 함께 겪었던 일과, 하늘님에게 받았던 사랑에 대해 이야기를 나누며. 눈물을 흘리고 안타까워했다.

신들과의 이별은 너무나도 짧은 순간에 허무하게 일어났다.

밝은 빛이 하늘님과 운사, 우사, 풍백의 몸을 비추니, 신들의 몸에서 햇살이 났다. 그리고 그 순간 신단수 위로 천천히 날아올랐다.
하늘님! 운사님! 우사님! 풍백님! 잊지 못할 것입니다! 마지막으로 백성들에게 가르침을 주소서!
새 임금이 된 이송이 눈물을 흘리며, 간곡하게 말했고, 백성들 또한 눈물을 흘리며, 신들의 가르침에 귀를 기울이고 있었다.
빛이 되어, 올라가는 신들의 모습 속에서, 자애롭고 따사로운 햇살 같은 음성이 온 세상을 뒤덮었다.

널리 사람들을 이롭게 하라.

온 세상에 빛과 함께 전하여졌다.

2부

신들의 후예

제5화 하늘님의 후예 준

2021년 2월 28일 밤 12시
대전 서구 둔산동 샘머리 공원

텅빈 광장.
회오리 바람에 나뭇잎이 날린다.
스물네 개의 눈이 천천히 떠지고,
흐릿했던 시야가 점점 또렷해진다.

 밤이군. 여긴 어디지. 아직 우릴 깨울 인연이 닿지 않았군.

안녕! 난 열두 살 김준이야. 먼저 내 소개를 할게.

내가 사는 곳은 둔산동에 있는 둥지아파트야. 서원초등학교에 다니고 있고, 이제 곧 5학년이 돼.

내 꿈은 로봇공학자야. 내가 만든 로봇이 사람들의 삶을 편하고, 안전하게 만들어줬으면 해. 작년에 어떤 형이 지하철 선로에서 수리하던 중에, 사고를 당해 목숨을 잃었다는 뉴스를 봤어. 이 뉴스를 보고, 어서 빨리 로봇을 만들어야겠다고 결심했어. 위험한 일을 로봇이 대신해야, 이런 비극적인 사고를 막을 수 있을 테니까.

취미는 다른 애들처럼, 유트뷰 보는 것을 좋아하고, 게임을 하는 것도 좋아해.

그리고 나는 외할아버지, 외할머니와 살고 있어. 아빠와 엄마는 서울에서 일하고 있고. 주말이 되면, 나를 보러 대전으로 와. 나는 대전에서 태어났고, 여기에서 지금까지 쭉 살았어. 그래서 대전을 좋아하고, 야구팀도 한화이글스를 응원해. 우리 아빠는 우승을 여러 번 했던, 두산베어스로 바꾸라고 하지만, 난 절대 그럴 생각이 없어! 왜냐하면, 난 대전이 좋으니까.

내 소개는 이쯤 하면 될 거 같아.

오늘은 5학년이 시작되는 첫날이다.

먼저, 내가 배정받은 '나' 반이 몇 반인지를 확인했다.

'나' 반은 3반이다. 교실 문을 열고 들어가자마자, 우리 반에 어떤 애들이 있는지부터 살폈다. 내가 좋아하는 친구가 있는지, 아니면 대하기 불편한 친구가 있는지, 파악하는 것이 중요하니까. 반 아이들이 전부 온 건 아니지만, 껄끄러운 애들은 보이지 않는다. 안심이 됐다.

3학년 때 나를 괴롭혔던 애가 있었다. 그 아이가 나를 괴롭히고 약 올릴 때마다, 선생님에게 말을 했지만, 그 애는 "준에게 장난치지 마라"고 하는 선생님의 말을 듣고도 계속해서 나를 괴롭혔다. 이 애 때문에, 3학년을 너무 힘들게 보냈다. 그 이후로 나에겐, 어떤 애들이 같은 반에 있는지가 매우 중요해졌다.

나는 어느 자리에 앉을까, 잠시 고민을 하다가, 1분단 맨 뒤에서 두 번째 줄, 왼쪽 자리에 앉았다. 자리에 앉고, 가방을 풀어, 학용품을 정리하고 있었다.

준! 하이! 일찍 왔네.

나와 친한 오지훈이 웃으면서, 인사를 했다. 지훈이의 인사를 받으니, 기분이 좋았다. 나와 마음이 잘 통하는 친구이기 때문이다.

하이! 지훈아 지금 왔어? 너와 같은 반이 돼서, 올해 즐거울 거 같아.

그래 준. 피차일반이야. 하하.

담임샘은 누구일까? 궁금해하던 차에 동작이 빠른 아이가 문밖에 고개를 내밀고, 교무실 쪽을 쳐다봤다. 그리고 아주 작은 소리로 말하며, 자리에 앉았다.

폭력배와 수경샘이 온다!!

이 순간 교실에는 정적이 흘렀다. 폭력배는 우리 학교에서 제일 무서운 샘의 별명이다. 장신의 거구로, 키는 180센치가 넘고, 몸무게도 100킬로가 넘을 것 같다. 이 샘은 아이들에게, 눈을 부릅뜨고, 수시로 "입 다물어!"라고 말한다. 공포 분위기를 조성하는 재주가 탁월하다. 단언하건대, 우리 학교에서 이 샘과 같은 반이 되길 바라는 학생은, 단 한 명도 없을 것이다.

작년에 이 샘의 반에 배정된 아이가 엉엉~ 소리를 내며 울면서, 다른 반으로 가고 싶다고 말하는 것을, 내 두 눈으로 똑똑히 봤다. 나는 샘의 자식들도, 샘을 좋아하지 않을 것이라고, 조심스럽게 추측을 해본다.

그 짧은 순간, 우리 반 아이들의 시선은 문에 쏠려있었다. 아이들의 심장 소리가 들릴 정도로 고요했다.

문이 열리고, 슬로비디오를 볼 때처럼, 선생님이 천천히 들어오셨다. "김수경샘이다!!"

이 순간 한 아이는 책상을 치면서 샘을 반겼다. 또 다른 아이는 와~ 하며 소리를 질렀다. 아싸! 올해 진짜 운이 좋네! 지훈이도 같은 반이고, 수경샘이 담임이네!

애들아! 반가워! 나는 5학년 3반 담임을 맡게 된 김수경이야.

샘은 자신의 이름을 칠판 중간에, 큼지막하게 쓰며 말했다.

우리 반에는 똑똑하고, 착한 아이들이 많이 있구나. 앞으로 잘 지내자. 학교는 집처럼 편안해야 한다는 게 샘의 교육관이니까, 즐겁게 편안하게 지내자고 알았지?

네! 알겠습니다!

아이들도 한목소리로 대답을 했다.

오늘은 첫날이라서 그런지, 각자 자기소개를 하고, 앉을 자리를 정했다. 그리고 과목별로 오리엔테이션을 했다.

오늘은 이것으로 마친다. 그리고 일기는 일주일에 한 번씩 쓰고, 제출은 월요일에 한다. 일기의 내용은 우리 생활 가운데, 기억에 남는 일을 진솔하게 쓰면 되니까? 부담을 갖지 말고 쓰도록 해라. 가끔 소설처럼 없는 이야기를 지어서, 쓰는 친구들이 있는데 그렇게 쓰지 말고. 알았지?

네! 알겠습니다!

빨리 집으로 가고 싶어 하는 아이들은, 샘의 말에 별다른 질문 없이, 대답을 짧게 했다.

그리고 독서록도 일주일에 한 번씩 쓰고, 제출은 목요일에 한다. 책은 자유롭게 선정하되, 이제 5학년이니까, 학습 만화는 보지 않도록 하자.

샘 학습 만화 읽는 게 잘못된 건가요? 저는 학습 만화를 읽고, 과학에 대한 흥미가 많아졌어요. 그리고 학습 만화에도, 배울 내용이 많아요. 학습 만화를 계속 보면 안 될까요?

평소 학습 만화를 즐겨보는 내가 물었다.

학습 만화를 읽는 것이 잘못되었다는 것이 아니라. 이제 5학년이니까, 그림이 아닌 글이 위주로 된 책을 보자는 거야. 긴 글을 잘 읽을 수 있어야, 많은 양의 지식을 배울 수 있고, 머리도 더 좋아지거든. 그래서 샘이 이렇게 정한 거야. 알겠니?

샘의 말을 들으니, 마땅한 반론을 할 수 없었다. 그래서 알았다고 했다. 그런데 왜 엄마와 아빠가 하던 이야기와, 샘의 이야기가 똑같

을까? 혹시 엄마나, 아빠가 샘과 전화 통화를 하셨나? 이런 생각이
들었다.

하늘님과의 만남

수업을 마치고, 집으로 가고 있다. 어깨엔 가방을 메고, 오른손엔
실내화 가방을 들고, 신나는 노래를 흥얼거렸다. 수업을 마치고, 집
으로 가는 길은 언제나 즐겁다. 그리고 오늘은 폭력배가 아니라, 수
경샘이 담임이 되어, 특히 더 기분이 좋았다.

여느 때와 다름없이 학교 후문으로 나와, 서원유치원과 둥지아파
트 사이에 난, 좁은 길로 가고 있었다. 둥지아파트 109동 1, 2라인
으로 가는 길에, 나이가 지긋하신 할아버지가 오른손엔 가방을 들
고, 왼손엔 하얀 보따리를 들고, 내 앞에 가고 있었다. 그 할아버지
는 두 손에 든 짐이 무거운지, 가는 동안 힘들어하셨다. 109동 1,
2라인 입구에 가서는, 잠시 짐을 내려놓고 쉬려고 하셨다.

그 모습을 보니, 우리 외할아버지가 생각났다. 외할아버지는 이
년 전에 허리가 아파서 수술을 받으셨다. 다행히 수술이 잘 되어,
지금은 더이상 아프지 않다고 하신다. 하지만 수술을 하기 전까지,
걷는 것도 힘들어하셔서, 걱정을 많이 했다.

할아버지. 안녕하세요. 어디까지 가세요? 제가 하얀 보따리 들어
드릴게요.

어허 고맙다. 착한 아이구나. 잠깐 쉬면 괜찮아진다. 너도 바쁠

테니 그냥 가거라.

따뜻한 웃음을 지으며 말씀하셨다.

지금은 급한 일이 없어요. 둥지아파트에 사시는 거 아니에요? 잠깐 도와드릴게요.

나도 할아버지를 보고 웃으며, 상냥하게 말했다.

그렇다면... 난 104동에 간다. 이 보따리를 들어준다고? 고맙다. 여기 있다.

나는 할아버지가 주신 보따리를 받아들었다. 그런데 이게 보기보다 무거웠다. 이 안에 뭐가 들었길래, 이렇게 무거울까? 궁금증이 생겼다.

할아버지 이 보따리 안에 든 물건이 뭐에요?

독자들이 오해할까 봐, 이유를 밝히지만, 보따리가 무거워서 물어본 게 아니다. 순전히 보따리 안에 든, 물건이 궁금해서 그런 것이다. 난 호기심이 많은 아이니까.

어허허. 보따리가 무거운가 보구나! 이 안에는 옛날부터 우리 집에 내려오는 귀한 물건이 들어있어.

아무렇지 않은 듯, 보따리를 들고 있는 나를 보며 말씀하셨다.

아~ 네. 가보가 들어있네요. 그리고 이 물건 무겁지 않아요.

끙끙대며 말하는데, 이마에서 솟은 땀이 콧등을 지나, 땅에 떨어졌다. 할아버지와 이야기를 주고받으며, 삼 분 정도 가니, 어느새 104동에 근처에 왔다. 104동 입구는 이제 얼마 남지 않았다.

그래 이제 다 왔구나. 준아 고맙다.

네. 괜찮습니다. 그런데 저기까지 더 가야 하는데...

손으로 104동 입구를 가리키며 말했다.

아니다. 다 왔다. 이곳으로 우리 아이들이 온다고 했어.

할아버지는 "이제, 그만 됐다."라고 손을 좌우로 흔들면서 말했다. 그리고 잠시 후에 내 눈을 부드럽게 바라보며 말했다.

네 눈을 보니, 참 맑구나! 준아. 넌 참 착한 아이다. 내가 고마움을 전하고 싶은데... 옳치! 이게 있었지.

할아버지는 오른쪽 주머니에서 목걸이를 꺼내셨다.

이거 내 선물이다. 자~ 목에 걸어봐라.

선물은 안 주셔도 되는데...

손을 흔들며, 괜찮다는 표정을 짓고 있는데, 할아버지께서 손수 목걸이를 걸어주셨다.

참! 잘 어울린다. 딱이다! 딱! 나 이제 가야겠다. 잘 가거라.

할아버지는 마치 배웅하려고 나온 자식을 집으로 돌려보내듯이, 내 등을 밀면서 보내셨다. 이런 할아버지의 행동에, 얼떨결에 인사하고 집으로 향했다. 집으로 가는 내 뒤에서, 할아버지의 소리가 들렸다.

앞으로도 착하게 살고, 힘든 일이 있어도 이겨 내야 한다. 알겠지? 허허허~

할아버지는 인자한 웃음으로 나를 보내셨다.

집에 와, 외할아버지와 외할머니께 인사를 하고, 책상에 앉아서, 할아버지가 주신 목걸이를 살펴보았다.

목걸이는 줄과 둥근 모양의 메달로 되어있다. 금속 재질이고 색깔은 금색이었다. 메달을 보니 한가운데 태양 무늬가 있고, 그 무늬

안에 ㅎㄴㄹ 이라는 글자가 새겨져 있다. 메달의 중심에서 수직 위로 향하면 원숭이의 얼굴이 새겨져 있고, 메달의 중심에서 왼쪽으로 향하면 소의 얼굴이 새겨져 있다. 그리고 메달의 중심에서 오른쪽으로 향하면 용의 얼굴이 새겨져 있다.

이거 참 신기하게 생긴 목걸이네! 무슨 의미가 있는 건가?

목걸이를 보며 혼잣말을 하는 순간, "준아. 넌 참 착한 아이다."라고 하시던 할아버지의 모습이 떠올랐다. 그런데 할아버지가 내 이름을 어떻게 알았지? 나는 할아버지에게 이름을 말해준 적이 없는 것 같은데...

제6화 운사의 후예 지혜

안녕, 난 최지혜야. 서원초등학교 5학년 3반에 다니고 있어.

먼저 우리 가족을 소개할게.

세상에서 가장 예쁘고, 사랑스러운 나!

환한 미소의 소유자이며, 우리 가족의 의견을 조율하는 평화주의자인 아빠.

무슨 일이든지 똑소리 나게 마무리를 짓는 엄마.

마지막으로 나와 관련된 일이라면, 일단 반대부터 하는 동생 3학년 지훈이.

이렇게 네 명으로 구성된, 평범한 가족이야. 그런데 다른 사람들은 우리를 신기한 눈으로 쳐다보곤 해. 왜냐하면 우리 아빠는 미국 사람이거든.

아빠는 텍사스 주에 있는 휴스턴에서 태어나고 자라셨어. 우리나라에 여행을 왔다가, 우리나라 사람들이 베푸는 정을 느끼고, 우리 문화의 아름다움에 빠져서, 미국으로 돌아가지 않고, 우리나라에서 살아야겠다고 마음을 먹었대.

엄마는 아빠의 이 얘기를 들으시면, 꼭 "아름다운 나를 보고 아빠가 한눈에 반해서 우리나라에 남았다."라고 하시지. 암튼 아빠는 엄마와 동아리에서 만나셨고.

무슨 동아리냐고? 아~ 그게 뭐냐 하면, '살리고'라는 동아린데 그게... 사교댄스를 하는 곳이야. 도대체 뭘 살리겠다는 건지.

엄마와 아빠가 그곳에서 만나서 그런지, 기분 좋은 일이 생기면 두 분은 왈츠나 블루스를 추셔. 그때마다 나와 동생은 조용히 방으로 들어가서, 각자의 일을 해.

아! 이야기가 다른 곳으로 샜네.

한국인 엄마와 미국인 아빠 사이에 태어난 우리는 외모가 조금 다르다. 갈색 머리라든지, 피부색이라든지. 어릴 때부터 동네 사람들이 나와 동생을 보고, 예쁘다고 하면서 말을 걸어오고, 머리를 쓰다듬고, 볼을 만지는 일이 많았어. 이게 너무 싫었다! 한두 번도 아니고 계속해서 내 머리를 쓰다듬고, 볼을 만지고 말을 거니까. 일일이 대답하기 귀찮고, 그 와중에 우리가 하던 이야기도 끊어지니까. 내 별명은 '엘사'야. '엘사'처럼 예쁘다고. 이걸 지훈이는 외모 때문이 아니라, 차갑고 냉정한 성격 때문이라고 해.

휴~ 지훈이는 언제 철이 들까?

마지막으로 부탁을 할게. 나에게 "영어 잘하냐?"라며, 영어로 말을 걸지 마! 우리 가족은 아빠를 빼고는 영어 잘못해. 아빠도 어쩔 때 보면 잘못하는 거 같고, 그리고 제발 외모로, 우리를 판단하고 다가오지 말아줘. 호기심에 가득한 눈으로, 영어로 말을 걸어올 때마다 당황스럽다.

아빠에게 온 스카우트 제의

지혜야! 지훈아! 이리로 와 봐라.

저녁을 먹고 방에 들어가려고 하는데, 엄마와 아빠가 우리를 불렀다.

왜요? 무슨 일 있어요?

저녁을 먹고 방에 들어가, 유튜브 보는 것을 낙으로 삼는, 지훈이가 퉁명스럽게 말했다.

어 그래. 아주 중요한 일이 있어서, 너희들과 상의를 하려고.

엄마와 아빠는 쇼파에 앉아서, 우리를 부르셨다.

아빠. 빨리 끝내줘요. 저 급한 일 있어요. 알파님 만나러 가야돼요.

알았다. 앉아라.

무슨 일이에요. 아빠?

내가 묻자, 엄마와 아빠는 서로에게 눈짓을 보내며, 이야기를 시작하라는 신호를 보내고 있었다.

당신 회사일이니까... 당신이 이야기해요.

음~ 알았어. 그게.

잠시 뜸을 들이고 난 후에, 아빠는 천천히 얘기하기 시작하셨다.

어~ 아빠에게 구글에서 스카우트 제의가 들어왔다. 아빠가 스카우트 제의를 받아들이면, 우리 가족 모두 캘리포니아로 가야 할 것 같구나. 그래서 이 일에 대해 어떻게 해야 할지. 너희들의 생각을 물어보려고 불렀다.

아빠의 말이 끝나자, 엄마가 이어서 이야기를 시작했다.

아빠가 구글로 가게 되면, 월급도 지금보다 많이 받고, 아빠 이력에도 큰 도움이 되고... 그리고 너희들도 미국에서 공부하게 되면, 좋을 거 같아. 엄마는 아빠가 구글에 갔으면 좋겠어. 그리고 아빠가 한국에 온 지, 14년이 됐거든 캘리포니아가 고향은 아니지만, 아빠도 미국으로 돌아가고 싶을 것 같애.

이 말을 마치고, 엄마와 아빠는 우리의 반응이 어떤지, 걱정되는 표정으로, 우리를 살폈다.

음~ 아빠를 위해서라면, 저는 찬성이에요. 여기에 친구들도 많이 있고, 행복했던 추억도 많지만, 미국에 가서 살아도, 나쁠 게 없다고 생각해요. 좋은 학교에 가서, 공부도 하고, 새로 친구들도 사귀고. ok.

동생은 엄마와 아빠를 보고, 웃으며 말을 했다. 그리고 나를 쳐다봤다.

난.. 아직.. 잘 모르겠어요...

말을 하는 도중에 눈물이 흘렀다. 난 그동안 여기를 떠나서 살아야 한다는 생각을, 한 번도 해본 적이 없었다. 지금의 기분을 뭐라고 표현할 수 없지만, 갑자기 슬프다는 생각이 들었다. 쟁반으로 머리를 맞은 것처럼 그냥 멍했다.

아빠는 이런 내 모습을 보고 놀랐다.

지혜야 아직 결정한 것은 아니니까. 시간을 두고 조금 더 생각해 보자. 아빠도 며칠간, 시간을 쯔금 더 달라고 했어. 그리고 네가 미국에 가는 게 싫다고 하면, 아빠도 가지 않을게.

아빠는 내 어깨를 잡으며 말했다.

네. 아빠 저 방으로 들어갈게요.

방으로 들어와 BTS의 노래를 틀었다. 노래를 들으며 그냥 이대로 나의 마음을 달래고 싶었다. 창밖엔 어느새, 비가 내리고 있었고, 창문에 비가 흘러내리고 있었다. 창밖의 비를 보며 잠이 들었다.

아침에 일어나 환한 세상을 보니, 슬픔이 가라앉았고, 마음이 차분해졌다. 어제의 일을 경숙이와 성혜에게 얘기하고, 어떻게 해야 할지, 상의해야겠다고 생각했다.

엄마 학교에 갔다 올게요.

엄마는 내 눈치를 보는 것 같았다. 나는 별 말 없이 집을 나섰다.

그래, 지혜야 학교에 잘 갔다 와라.

야, 최지혜 같이 가자.

반갑게 달려오는 경숙이의 목소리가 들렸다.

어 그래,

경숙이를 보니, 어제의 감정이 떠올라 갑자기 우울해졌다.

지혜야 무슨 일 있니? 표정이 안 좋아.

어. 학교에서 점심 먹고, 너랑 성혜한테 할 말이 있어.

그래 알았어.

굳은 표정을 보고, 경숙이는 더 묻지 않았다.

1교시부터 4교시까지 수업을 하는 동안, 어제 들었던 아빠와 엄마의 말이 머리에서 떠나질 않았다. 입맛이 없어, 밥도 대충 먹었다. 그리고 경숙이와 성혜를 만나, 어제의 일을 이야기했다. 아이들도 내 이야기를 듣고 놀랐고, 정이 많은 경숙이는 이야기를 듣는 동안, 나와 함께 눈물을 흘렸다.

아빠에게 뭐라고 해야 할지 모르겠어. 갑작스러운 얘기에, 어제는 너무 당황했어. 얘들아 나 어떻게 하는 게 좋을까? 미국으로 가는 게 내키지 않아. 그렇지만 아빠를 생각하면, 미국으로 가지 말자고, 반대하지를 못하겠어. 어떡해? 흑흑흑 ...

냉정하지만 객관적이라는 평을 듣는, 성혜가 조곤조곤 말하기 시작했다.

지혜야, 네가 우리 곁을 떠날 생각을 하니, 마음이 아프다. 휴~

한숨을 쉬며, 잠시 틈을 두고 말을 이었다.

그런데 나도 뭘 어떻게, 얘기해야 할지 모르겠어. 작년에 나와 친하게 지내던 경미가 엄마 직장 문제로, 서울로 전학을 갔잖아. 그때 경미와 이야기하며, 둘이 많이 울었거든. 그런데 어쩔 수가 없더라고, 삶이 우리가 생각하는 것보다, 훨씬 복잡하다는 것을 깨달았거든.. 경미네 상황을 보면 엄마, 아빠 문제 그리고 부모님의 직장 문제, 집안에 경제적인 어려움까지, 여러 가지 일들이 얽혀있더라고... 더구나 우리는 학생이고, 할 수 있는 것도 별로 없고... 살다 보면 피할 수 없는 아픔이 있다고 생각했어. 그걸 알게 된 내가 무슨 이야기를 할 수 있을까? 조언이라고 하는 걸 못하겠다. 이건 너의 부모님과 동생을 둘러싼, 여러 가지의 일들이 복잡하게 얽혀있는 문제니까. 슬픔을 가라앉히고, 조금 더 생각해 보자.

성혜의 말을 들으니 뭐랄까? 내가 너무 이기적인 것 같다는, 생각을 하게 되었다. 그리고 아빠에게 미안했다.

운사와의 만남

저녁을 먹은 후, 어지러운 마음을 정리할 겸, 운동도 할 겸, 혼자 집 근처에 있는 엑스포 시민 광장에 갔다. 우울하거나 마음이 복잡할 때는 걸으며, 생각을 정리하는 게 좋다는, 아빠의 말이 떠올랐기 때문이다. 그리고 이곳에 가면, 학교 친구들도 만날 가능성이 적다.

어느덧 엑스포 시민 광장에 도착했다. 공원에 도착해 보니, 자전거를 타는 사람들과 보드를 타는 사람들, 데이트하는 사람들이 보였다. 나는 좀 더 조용한 곳을 찾아, 엑스포 다리 밑 강변길로 향했다. 엑스포 다리 밑으로 내려오니, 예상대로 사람들이 많지 않았다. 조용하고 시원한 바람이 불었다. 잠시 강을 보고 있으니, 머리와 마음이 시원해지고, 뭔가 답답한 마음이 풀리는 거 같았다.

문득 강변을 따라 걷고 싶었다. 그래서 만년동 방향으로 걸었다. 3분 정도 걸어가니, 벤치가 보였다. 벤치에 앉고 싶어서, 그쪽으로 가는데, 웬 할아버지 한 분이 그곳에 앉아 있었다. 그래서 벤치 근처에서 멈춰섰다. 모르는 할아버지와 같이 앉는 것이 어색했기 때문이다.

할아버지를 두고, 다른 곳으로 가려고 했으나, 할아버지의 기분이 상할 것 같았다. 그래서 잠시 서서, 기분을 전환하려고, 음악을 듣기로 했다. 음악을 들으려고, 핸드폰을 꺼냈는데, 같이 있던 동전이 밖으로 나와, 땅에 떨어졌다. 그리고 그 동전이 벤치로 굴러갔다. 그래서 동전을 주우려고 벤치로 가는데, 그 할아버지가 내 동전을 주워서 말없이 나에게 주셨다.

감사합니다.

동전을 받으면서 말했다.

할아버지는 따뜻한 미소를 지으시면서 괜찮다고 하셨다.

나는 이곳을 참 좋아해. 여기에 앉아, 흐르는 강을 가만히 보다 보면, 마음이 평안해지고, 지혜의 눈이 뜨이거든. 그래서 답답한 일이 있거나, 뭔가 해결책을 찾고 싶을 때면, 난 여기에 온단다.

할아버지 말씀을 듣고, 가만히 강을 바라봤다.

그러네요. 마음이 평화로워지네요. 사실 저도 마음이 답답해서, 조용한 곳을 찾아 여기에 왔거든요.

이렇게 할아버지에게 마음을 드러냈다.

그래. 내 말을 이해하는 거 보니, 넌 매우 지혜로운 아이구나. 여기에 있다 보면, 답을 찾을 수 있을 게다.

할아버지와 말없이 강을 바라봤다. 10분 정도 지났을까, 할아버지가 자리에서 일어나시며

그래. 난 이제 가야겠다. 이제 내 기분이 풀리는구나. 네가 겪는

문제의 답을 찾기 바라마. 그리고 이것도 인연인데, 할아버지가 너에게 조그만 선물을 줘도 되겠니? 이게 너의 길을 찾는 데, 작은 도움이 될지도 모르겠다.

따뜻한 미소와 함께, 은색 목걸이를 주셨다.

귀한 물건 같아요. 목걸이가 저를 위로하는 거 같구요. 감사합니다.

내 선물을 받아줘서 고맙구나. 난 먼저 가마.

잠시 뒤, 뜻 모를 할아버지의 소리가 들렸다.

품어 안고 흘러가는 것이 물이요, 우리의 삶도 그 물과 같이 흐른다.

나는 30분을 더 있다 집으로 왔고, 엄마와 아빠에게 내일 이야기를 하자고 말했다.

그리고 자기 전에, 할아버지께서 주신 목걸이가 생각이 나서 꺼내봤다. 목걸이는 줄과 둥근 모양의 메달로 되어있다. 색깔은 은색이고 재질은 금속이다.

메달을 한가운데, 세 개의 뭉게구름 무늬가 있고, 그 안에 구름이라는 글자가 새겨져 있다. 메달의 중심에서 수직 위로 토끼의 얼굴이 새겨져 있고, 메달의 중심에서 왼쪽으로 향하면 양의 얼굴이 새겨져 있다. 그리고 메달의 중심에서 오른쪽으로 향하면 말의 얼굴이 새겨져 있다.

특이하게 생겼네.

목걸이를 목에 걸고, 잠이 들었다.

　엄마, 아빠. 저 이제 생각을 정리했어요.

쇼파에 있던 엄마와 아빠 옆에 앉으며 말했다.

　그래. 그제는 아빠가 너무 갑자기 이야기해서 놀랐지? 미안하구

나. 네 마음을 배려하지 못했다.

　아니에요. 이번 일로 제가 얼마나 이기적으로 살고 있는지 알았

어요. 이번 일만 해도, 친구들과 헤어질 생각만 했거든요. 그래서

슬퍼서 울었구요.

　그런데 성혜가 그러더라구요. 삶의 문제는 복잡한 여러 가지 일

들이 얽혀있다고. 엄마, 아빠, 지훈이의 일들이. 그 말을 듣고 생각

을 해보니. 아빠가 한국에 와서 살면서, 너무 외로웠겠다는 생각이

들더라고요. 아빠도 친한 친구들과 가족들이 미국에 있으니까요.

아~ 아빠는 이렇게 14년을 살았구나. 그리고 하고 싶은 일들도 우

리 가족 때문에 못하고 있었구나. 이런 생각이 드니, 아빠에게 너무

미안해졌어요. 아빠 미안해요. 저만 생각해서요.

　아니다! 지혜야 너는 이기적인 아이가 아니야! 아직 어려서 그런

거지. 네 말을 듣고 보니, 아빠를 생각하는 마음이 아주 깊구나. 그

마음이 너무 고맙다. 우리 딸이 다 컸네!

　그러게요. 지혜가 다 컸어요.

엄마와 아빠는 웃으면서 이야기했다.

　그래서 이번에 아빠를 따라, 미국에 가기로 결정했어요. 이제 우

리 미국 가서 살아요.

떨리는 목소리로, 엄마와 아빠를 보고 말했다. 지훈이는 이런 내 모습을 보고 눈이 커졌다. 그리고 말없이, 엄지손가락을 위로 들었다.

고맙구나. 지혜야 그런데, 이번 일은 아빠가 엄마와 상의해서 거절했다.

왜요? 저 때문에 그런 거 에요. 그러지 마세요. 죄송해요.

지혜 네가.. 마음에 걸려서 그런 것도 있는데... 회사에서 아빠의 일에 대해 알게 됐다. 그리고 사장님이 나서서 아빠에게 남아달라고 부탁하시더구나. 월급도 더 올려주고, 아빠가 하고 싶어하는 연구도 지원해주겠다고. 그래서 아빠가 회사에 남기로 결정했다. 아빠는 이번 일로 우리 가족의 사랑을 알게 됐고, 회사에서도 인정받는 인재가 돼서, 기분이 매우 좋다.

사랑한다. 지혜야, 지훈아.

저희도요.

그럼 나는?

당연히 당신도 사랑하지.

아빠의 일은 이렇게 마무리가 되었고, 계속해서 우리 가족은 이곳에서 살기로 했다.

제7화 샘머리 공원의 비밀

둥지아파트 103동 앞

어머! 철수 엄마! 이야기 들었어. 샘머리 공원 말이야.

들었어요. 거기 저녁이 되면 귀신이 나타난다고... 요즘 그쪽으로는 사람들이 얼씬도 안 한다던 대요!

그래. 맞아! 어제 302호가 저녁 먹고 운동하러 갔다가, 귀신이 웃는 소리를 듣고 쓰러지는 줄 알았대. 아저씨랑 둘이 집으로 도망치듯 달리다가 넘어져서 무릎 깨졌다고. 쩔뚝거리면서 집으로 왔는데. 다시는 그쪽으로 안 가겠다고. 동네 무섭다고 이사 가야 할지 고민이 된다고 하더라고.

아~ 그 아줌마. 거기 가지 말라고 하면 가지 말지. 사람들 얘기는 듣지도 않고... 그리고 한다는 소리가 무서워서, 이사 가야 할지 모르겠다니. 이거 원.

이러다가 아파트값 떨어지는 거 아니야?

어머! 그럴지도 모르겠네요. 302호 가서 입단속 시켜야겠어요!

원래 샘머리 공원은 둔산 2동의 자랑이었다. 둥지아파트, 수정아파트, 가람아파트, 햇님아파트의 가운데 위치하고 있으며, 인근 주민들의 운동과 휴식을 보장하던 쉼터였다.

이 공원을 이용했던 사람들의 모습을 시간대별로 살펴보면 대략 이렇다.

오전 10시쯤이 되면, 할아버지와 할머니들 그리고 중년 여성들이 공원을 돌며, 산책을 하고 있다. 그리고 그중에 몇몇 사람은 공원 이곳저곳에 설치돼있는, 운동기구를 이용해서, 근력 운동을 열심히 하고 있다.

오후 4시가 되면, 어린이집과 유치원에서 수업을 마치고 나온 아이들과, 그 아이들의 엄마들이 공원 북쪽에 모여 있다. 아이들은 미끄럼틀과 그네, 시소를 타며 놀고 있고, 엄마들은 그늘집에 모여, 즐겁게 이야기를 나누고 있다.

오후 5시를 전후로, 인근의 삼천중학교 학생들이 학교에서 나와, 미끄럼틀 아래쪽에 있는 농구 골대에서, 땀을 뻘뻘 흘리며 삼 대 삼 농구를 하고 있다.

오후 7시 전후로, 인근 주민들이 가족 단위로 모인다. 각자 준비한 운동기구를 가지고 나와, 가족 간에 웃으며 화목한 시간을 보내는 사람들이 많다. 줄넘기와 배드민턴을 즐기는 모습, 공원 둘레에 만들어진 트랙에서, 걷기와 달리기를 하는 사람들의 모습을 쉽게 볼 수 있다.

추위가 물러가고 따스한 기운이 찾아오면, 구청에서 기획한 건강 프로그램이 공원 중앙에서 시작된다. 에어로빅 강사와 택견 사범이 동네 주민들을 모아, 재미있고 활기차게 생활 체육을 지도한다.

이랬던 곳인데, 지금은 예전의 활기 넘치는 모습을 찾을 수가 없다.
여보. 먹을거리가 떨어졌네. 같이 홈플러스에 가서, 장 보고 와요.
홈플러스에 가자고? 그럼 샘머리 공원을 지나가야 하잖아. 거기 요즘 말이 많던데. 점심때 사다 놓았으면 되었을걸. 왜 하필이면 저녁에 가자고 하는 거야?
점심에 아이들 다니는 학원에 상담 갔다 왔어요. 내가 뭐 집에서 잠만 잤나.
알았어. 샘머리 공원으로 지나가지 말고, 돌아서 가자구.

샘머리 공원에 대한 무서운 소문이 퍼지면서, 그곳은 쉼터가 아닌 귀신의 집이 되었다. 그리고 엄마의 말을 듣지 않는 아이들에게는 교육의 전당으로 바뀌었다. 샘머리 공원에 데리고 간다고 하면, 아이들이 갑자기 말을 잘 듣는다나?

서원초등학교 5학년 3반 교실

수업을 마치고 종례시간에 담임인 수경샘은, 칠판에 지시사항을 적어 아이들에게 강조했다.

> 1. 인근에서 사건과 사고가 많이 발생하고 있으니 당분간은 6시 이후로 밖에 나가지 말 것.
> ★ 2. 특히 샘머리 공원에는 절대로 가지 말 것.
> 3. 일기 제출하기
> 4. 친구 배려하고 존중하기

위 사항들을 아이들에게 하나하나 숙지시킨 후, 수경샘은 진지한 목소리로, 어제 발생한 사건에 대해 이야기했다. 어젯밤에 6학년 학생이 샘머리 공원에 갔다가, 다쳐서 돌아왔다는 것이다.

선생님의 이야기가 끝나자, 아이들은 요즘 샘머리 공원에서 일어난 일들에 대해, 여기저기서 들은 소문들을 이야기하기 시작했다.

밤 10시에 사람 하나 보이지 않았는데, 어디에선가 처량하게 우는 소리가 들렸다는 이야기, 트랙을 따라 걷고 있는데, 트랙의 중간이 갑자기 솟아서 넘어졌다는 이야기, 그네와 시소가 저절로 움직였다는 이야기 등. 여러 가지 이야기가 아이들의 입에서 분수처럼 쏟아져 나왔다.

준은 이런 이야기들을 들으며, 지금 친구들이 말하는 일들은, 과학적이지 않아서, 믿을 수 없다고, 생각하며 비웃었다. 그리고 한발 더 나아가, 샘머리 공원에서 벌어지는 일들의 뒤에는, 반드시 누군가의 조작이 있을 것이고, 그 비밀을 밝혀서, 동네 사람들의 불안감을 해소해야겠다고, 마음을 먹었다.

동료 찾기

준은 반에서, 남자답고 운동을 잘하는 진구와, 자칭 태권도 고수인 찬규를 찾아가서, 자기의 생각을 알렸다.

찐구야 너 싸나이 아니가?

눈썹을 지푸려 강한 표정을 짓고 하이파이브를 하며 말했다.

아~ 쭌이야. 우린 싸나이가 아이고 찐짜 싸나이~지!

'준'의 하이파이브를 받으며, 약간의 건방진 표정으로 진구가 답했다.

진구야. 우리 같이 샘머리 공원에서, 일을 벌이고 있는 범인을 잡자! 분명 뒤에서 조종하는 사람이 있을 거야! 사람들의 말처럼 귀신이 했을 리가 없잖아.

진구에게 다가간 준은 진지한 표정으로 제안을 했다.

이 말은 들은 진구는 덜컥 겁이 났다.

어젯밤 샘머리 공원에 가서 다쳤다는, 6학년 학생이 진구네 윗집에 산다. 진구는 어젯밤 그 형으로부터, 샘머리 공원에서 남자인지 여자인지 분간할 수 없는, 울음소리와 웃음소리를 분명히 들었다는 증언을 직접 들었다. 형은 그 소리를 듣고 놀라서 도망을 쳤는데, 갑자기 어디선가 나뭇가지가 날아왔고, 자기는 그 가지에 걸려서 넘어졌다고 했다. 그리고 그 말이 끝남과 동시에, 자신의 말을 뒷받침하는 증거로, 상처가 난 다리를 보여주었다. 그러나 진구는 이 증언과 증거를 준에게 말할 수 없었다. 이 이야기를 진지하게 전하는 순간, 준은 자기를 겁이 많은 아이로 볼 것이고, 자기가 그동안 쌓아왔던 남자다운 이미지가, 그 순간 전부 사라질 것이기 때문이다. 그래서 자기가 가진 모든 힘을 총동원하여, 아주 태연한 모습으로, 여유 있고 진지하게, 이제는 5학년이 됐으니, 앞으로는 꿈을 향해 나갈 것이라고 말했다. 그리고 준에게, 너도 이런 데에 빠지지 말고, 열심히 공부하라고 조언을 해주며, 멋있게 퇴장을 했다.

태권! 성철!

박력 있게 성철이를 부르고, 지르기와 앞차기를 하며 다가갔다.

그래. 준아.

성철아 우리 같이 범인 잡자.

??? 응?

너와 내가 힘을 합치면, 샘머리 공원에서 장난치는 게, 누군지 금방 찾아낼 수 있을 거야.

성철이는 준의 말을 듣고 이놈은 정말 미친놈이라고 생각했다. 이 놈은 지금 어떤 상황인지 모르나? 어른들도 가지 않는 샘머리 공원에 가서, 범인을 잡자고? 준은 진정 미친놈이다. 그러나 준에게 이렇게 말할 수는 없지 않은가? 그래서 성철이는 하기 싫은 일을 부탁받았을 때, 멋있게 거절하는 비장의 레파토리를 꺼내기로 했다.

준아. 네가 날 어떻게 볼지 모르지만, 난 무도인이야. 그래서 태권도를 사용해서, 다른 사람을 다치게 하거나, 다른 사람에게 피해를 입혀서는 안 된다. 이 점은 태권도를 사랑하는 우리 사범님이 늘 강조하시는 말씀이지.

성철아. 우리가 샘머리 공원에 가서, 다른 사람에게 폭력을 쓸 일은 없을 거야. 내가 너에게 제안을 하는 이유는, 이런 일에는 용기가 있는 친구가 필요하기 때문이야.

준의 논리정연한 말에, 성철이는 뭐라고 답을 해야 할지 떠오르지 않았다. 역시 공부 잘하고, 입만 산 놈은 상대하기가 힘들어. 어떻게 할까? 고민하다가, 성철이는 사범님이 평소 곤경에 처하실 때, 자주 하는 말을 흉내 내기로 했다.

준아. 네가 그렇다고 하면 그렇겠지. 그런데 언제나 상황이 우리가 계획한 대로, 흘러가는 것은 아니잖아? 일하는 중에 돌발 상황이 발생할 수도 있고. 이런 일은 우리가 상관할 게 아니야. 어른들이나 경찰에게 맡겨야지.

아주 진지하게 궁서체로 말했다.

그렇다면. 뭐. 나도 더이상 너를 붙잡을 말이 없다. 알았어. 그리고 이런 부탁해서 미안해.

아니야. 준. 친구 사이에. 뭘.

성철이는 자기가 낼 수 있는 소리 중에서, 가장 멋있는 음성으로 말했다. 쪽팔리면 안 되니까! 그리고 언젠가 책에서 봤던 글귀를 기억해 냈다.

준. 길이 아니면 가지 말라고 했어. 너도 잘 생각해 봐.

이렇게 준은 샘머리 공원의 비밀을 함께 풀어갈, 동료를 찾는 일에 어려움을 겪었다. 누구와 함께 해야할지, 아니면 혼자서 해야 할지 고민하던 중. 준은 여자아이들 중에서, 찾아보는 게 좋겠다고 생각했다. 남자아이들이라고 무조건 여자아이들보다, 용기가 있는 것은 아니니까. 이런 일에는 호기심이 많고, 용기가 있는 친구가 제격이라고 생각하고, 같은 반의 친구들을 세심하게 관찰하기로 했다.

준, 지혜와 만나다.

준은 자신의 동료가 될 친구를 찾는 일에 골몰하고 있었다. 학교에서 말이 줄었고, 친구들이 하는 말과 행동을 지켜보았다. 동료를 구하는 일에, 친구들의 평판을 활용하고 싶지 않았다. 왜냐하면 아이들의 이야기에는, 본래 과장과 왜곡이 조금씩 묻어 있다고, 생각했기 때문이다. 그래서 이 일에는, 자신이 직접 보고 들은 것만을 가지고, 판단해야겠다고 생각했다.

지훈아. 우리 반에 샘머리 공원의 비밀을 파헤칠 만한 친구 없을까?

준. 너 무슨 말이야. 샘머리 공원의 비밀을 파헤친다고? 친구로서 진지하게 충고하는 데, 그 일은 생각도 하지 마! 그리고 나를 그 위험한 곳으로 초대할 생각도 하지 마!

알았어. 네가 그렇게 나올 줄 알았다. 그냥 그럴 수 있는 친구가 있는지 물어본 거야?

야! 샘머리 공원에 가는 일은 어른들도 피하는 데, 어떤 정신 나간 초등학생이 거길 가려고 하겠냐? 그리고 그저께는 주민들 등쌀에 떠밀린, 경찰 아저씨가 거기에 가셨다가 다쳤다고 하더라. 이 소문이 퍼진 후에, 이제는 정말 아무도 안 가려고 해. 그러니까 너도 거기에 갈 생각은 꿈도 꾸지 마!

뭐야? 그런 일이 있었어! 이거 더 관심이 가는데.

준은 눈을 크게 뜨고, 지훈이에게 다가가며 말했다.

야! 정신 차려!

알았다니까~ 그냥 물어보는 거야. 우리 반에서 호기심이 많고, 용기가 있는 애가 누굴까?

어. 글쎄 누가 있을까? 음... 아! 최지혜가 그럴 거 같은데. 걔 생긴 거와는 다르게 깡이 있어.

지훈이는 적임자가 떠올랐다는 듯이 말했다.

그래? 무슨 일 있었어?

지혜가 4학년 때, 둥지 놀이터에서 있었던 일인데. 어떤 애를 때리려고 하는, 6학년 형을 말로 보내버렸다고 하더라.

지훈아. 구미가 당기네. 그 사건에 대해 자세히 얘기해 봐.

준은 관심이 가는 표정으로 지훈이에게 재촉하며 말했다.

나도 직접 본 게 아니라 정확히는 몰라. 6학년 형이 그네를 타는 애한테, 그만 타고, 그네에서 내리라고 했나 봐. 그런데 걔가 그 말을 듣고도 버텼나 봐. 그래서 조그만 애한테 무시를 당했다고 생각한 형이 열 받아서, 그 꼬맹이 뚝배기를 깨려고 하는데. 지혜가 그걸 보고, 어린 애를 왜 때리려고 하느냐? 그 애가 무슨 잘못을 했느냐? 따지면서 그 애를 건들면, 자기가 그걸 핸드폰으로 찍어서, 학교에 알리겠다고 했나 봐. 그 말을 듣고, 그 형이 확! 돌아서 지혜를 때리려고 하는데. 지혜가 호신용 호루라기를 꺼내서 불고, 핸드폰으로 그 형을 사진 찍으려고 했대. 결국 그 형이 지혜의 기세에 놀라서, 도망갔다고 하더라. 그 뒤로 지혜는 학교에서 누구도 건드리지 않는다.

아! 그런 일이 있었어. 지혜 다시 봤다.

준은 지훈이와의 대화를 마치고, 지혜를 동료로 찜했다. 그 이후로 지혜에게 말을 걸, 기회를 엿보고 있었다. 그리고 그 기회를 급식실에서 찾았다.

지혜야. 나 여기 앉아서 밥 먹어도 될까?

괜찮아. 준. 같이 먹자. 너 4학년 때 6반이었지?

지혜는 아무 상관 없다는 듯이, 자리에 앉은 나를 보고 말했다.

어 그래. 나 6반이었어. 넌 3반이었지?

그래.

지혜는 상냥하게 대답했다.

준은 지혜와 밥을 먹으며, 학교생활에 대해 이런저런 이야기를 했다. 지혜는 얼굴이 예뻐서, 평소에 남자아이들의 관심을 많이 받았다. 그래서 지혜에게 섣부르게 접근하면, 불편해할 수도 있겠다고 생각했다. 준은 지혜가 자기를 부담스럽게 여기지 않도록, 편하게 대하려고 노력했다. 그런데 막상 지혜와 대화를 해보니, 지혜는 까칠하지 않았고, 재미있고 배려심이 많은 아이라는 것을 알게 되었다.

지혜는 준이 자기 옆에서 밥을 먹어도 되냐고 물었을 때, 깜짝 놀랐다. 준은 평소에 여자아이들과 이야기를 잘 나누지 않았기 때문이다. 준이 자기에게 관심이 있어서 옆에 앉았을까? 생각했지만, 자기를 스스럼없이 대하는 걸로 봐서는, 그렇지 않은 것 같았다. 자기를 보는 눈빛이나, 대하는 표정에서, 별다른 감정을 느끼지 못했다. 그리고 이번 대화를 통해, 준은 아는 것이 많고, 학교와 친구들에게 관심이 많은 아이라는 것을 알게 되었다.

집으로 가는 길에 준은, 지혜와 경숙이와 성혜가 같이 가는 걸 보았다. 이 아이들은 학교 후문을 지나, 준 앞에 가고 있었다. 이 아이들을 발견한 준은 달려가서, 반갑게 인사를 했다. 이런 준의 모습을 본 경숙이와 성혜는 놀라는 눈치였다. 왜냐하면, 준은 평소에 여학생에게 인사를 잘 하지 않았기 때문이다. 준은 편안하게 이야기를 이끌어가며, 여자아이들의 이야기를 들어주었다. 그리고 여자아이들의 이야기를 듣고, 웃음으로 대했다. 경숙이와 성혜는 다른 남자아이들처럼, 준 역시 지혜에게 관심이 있어서 여기에 왔나? 생각했으나, 준이 지혜와 자신들을 대하는 태도에 별다른 차이가 없자, 준이 여기에 온 이유가 무엇인지 궁금해하고 있었다. 그런 생각을 하는 중에, 준은 피아노 학원에 가야 한다며 둥지 상가로 갔다.

셜록 수사대 창설

지혜야 안녕? 좋은 아침.

어! 준. 안녕.

준은 오늘 지혜에게 동료가 되어 달라는, 부탁을 하려고 마음먹었다. 생각하면 할수록 자신의 동료로 딱이었다. 그리고 지혜는 공부도 열심히 하는 아이다. 서로에게 도움이 되는, 좋은 친구가 될 거라고 확신했다.

지혜야. 너에게 하고 싶은 말이 있는데.

뭐야?

지혜는 준이 무슨 말을 할까? 놀라며 물었다.

요즘 샘머리 공원에서 벌어지는 사건에 대해서 어떻게 생각하니?

글쎄. 좀 이상하지. 친구들은 귀신이 벌인 일이라고, 생각을 하더라고.

그렇지. 그런데 나는 그 일이 귀신 때문에 일어났다고, 믿지 않거든. 분명 누군가가 뒤에서, 일을 꾸미고 있다고 생각을 해. 그래서 그 일에 대해서 알아보고 싶은데, 너와 함께 조사했으면 좋겠어.

준은 그동안 벼르고 있던 말을 조심스럽게 꺼냈다.

히힛. 이거였니? 나에게 하고 싶었던 말이. 그것도 모르고...

지혜는 준의 말을 듣고, 이제야 알았다는 듯이 웃으며 말했다.

뭘?

준은 지혜의 말의 의미를 모르겠다는 듯 물었다.

아니, 갑자기 네가 나에게 친하게 대하니까. 친구들이 네가 날 좋아하는 거 같다고 하더라고.

아~ 그래. 하하하. 나는 샘머리 공원에서 일어나는 일이 너무 궁금해서, 그 일을 해결하고 싶은데, 함께 할 친구가 없더라고. 그 래서 용기 있고, 호기심이 많은 친구를 찾고 있었어.

준은 속 시원하게 속내를 털어놓았다.

어. 그런데 잠깐 생각을 해볼게. 음~ 위험할 것 같아서.

그런 걱정은 안 해도 돼! 위험한 일은 아마 생기지 않을 거야. 그리고 만약 너에게 위험한 일이 생기면, 내가 널 지켜줄게.

준, 네가 위험한 일이 생길지, 안 생길지 어떻게 아니? 지금 샘 머리 공원에서 어떤 일이 일어나고 있는지도, 정확히 알지 못하는 데. 내가 조금 더 생각해 보고 답을 줄게. 시간을 줘.

알았어. 지혜야. 무모하게 덤비지 않고, 위험한 일이 생기지 않 도록 신중하게 행동할게. 모든 일을 너와 상의해서 할 거야. 그러니 까 긍정적으로 생각해 봐.

알았어.

준은 지혜마저 자신의 부탁을 거절할까 봐, 초조한 얼굴로 지혜의 결정을 기다리고 있었다. 잠깐이었지만 준에게는 무척 긴 시간처럼 느껴졌다. 지혜는 고민한 후에 결정을 내렸다.

음~ 결정했어. 그래, 같이 조사해 보자. 가만 보니까, 정말 수상한 점이 한두 개가 아니야. 샘머리 공원에서 벌어지는 사건을 학교마다 내려오는 전설같이, 재미있는 이야기로 넘기기에는, 주민들의 피해가 크고 주민들의 증언도 일관되고. 뭐가 있기는 있는 거 같아.

정말 신기한 일이라는 듯, 고개를 갸우뚱하며 말했다.

지혜야. 내 제안에 승낙해 줘서 고마워. 이제 우리는 같은 팀원이 됐다.

뭐야! 팀원?? 이거 너무 거창한데...

팀명은 셜록 수 사 대.

준은 의기양양하게 팀명을 외쳤다.

준. 팀명은 무슨. 창피하게. 그리고 샘머리 공원에서 일어난 일을 조사하면 더이상 할 일도 없을 텐데, 뭣 하러 팀명을 만드니?

지혜는 두 볼이 빨게 지며, 그 모습을 누가 볼까 재빠르게 좌우를 살폈다.

지혜야. 일단 팀명은 정하자. 이건 내 꿈이야. 친구의 부탁이라고 생각하고, 창피해도 좀 참아줘.

수사의 시작

준과 지혜는 비록 두 명밖에 안 되는 적은 인원이지만, 셜록 수사대를 창설하고, 샘머리 공원의 비밀을 파헤치기로 했다. 그리고 이 둘은 사건을 어떤 방식으로 조사할지 머리를 모았다.

1. 샘머리 공원에서 이상한 체험을 한 사람들을 직접 만날 것. (서원초 6학년 형은 진구의 도움을 받아서 만나기로 한다).
2. 샘머리 공원에서 순찰 중에 다쳤던 경찰을 만날 것.
3. 1과 2를 토대로 사건을 파악할 것.
4. 사건을 파악한 후, 보호 장비를 반드시 챙긴 후에, 샘머리 공원에서 수사할 것.

준과 지혜는 주말 동안 1번과 2번 항목을 수행하기로 했다. 그래서 우선, 인터뷰를 할 사람들의 동과 호수를 기록하여, 리스트를 작성했다. 그리고 둘은 함께 리스트에 있는 사람들을 만나려고, 한 집 한 집을 찾아갔다. 하지만 이상한 일을 겪은 사람들을 만나, 사건에 관한 이야기를 들을 수 없었다.

대부분의 사람들이 두려움에 떨며, 그런 일은 없었다고, 문을 열어주지 않았다. 어떤 사람은 샘머리 공원에서 당한 일을 기억하고 싶지 않고, 말하고 싶지도 않다고, 괴롭히지 말라고 했다. 그리고 어떤 사람은 쪼끔한 놈들이 뭘 이렇게 꼬치꼬치 캐묻냐면서, 화를 내며 우리를 내쫓았다. 결국, 준과 지혜는 여섯 명의 서원초 학생들만을 만날 수밖에 없었다. 준과 지혜는 그 학생들을 학교에서 만나서 인터뷰를 했고, 그 상황을 구체적으로 기록했다. 그리고 인터뷰 내용은 핸드폰에 녹음했다.

이제 리스트에 있는 사람들에 대한 조사는 끝냈고, 그 경찰관 아저씨를 만나러 가자. 그 아저씨 어디에 가야 만날 수 있을까?

준이 하품을 시원하게 하고, 기지개를 켜며, 지혜에게 말했다.

경찰 아저씨가 입원한 곳이 어느 병원인지 찾아보자. 네 박사에게 물어볼게.

지혜는 핸드폰을 꺼내며 말했다.

지혜야. 네 박사가 누구야? 성이 네 씨인 사람이 있나?

히히. 준. 너 네 박사 모르니?

지혜는 네이버로 검색한 것을 보여주었다.

뭐야~ 네 박사의 정체가 네이버야.

지혜는 네이버에 검색해서 그 경찰관이 입원한 병원이 을지대학병원이며, 또한 4층에 입원해 있다는 사실을 알아냈다.

일단 병원으로 가 보자. 가서 몇 호에 있는지 찾아보자.

준은 경찰관이 입원한 병원을 찾아가는 지혜를 보며 찐동료라고 생각을 했다.

을지대학교 병원 4층

안녕하세요. 흑흑~ 저희는 한상철 경장 조칸데요. 삼촌이 입원했다는 소식을 뉴스에서 보고 왔어요. 우리 삼촌은 어디에 있나요? 많이 다쳤나요? 꺼억꺼억~

전혀 예상하지 못했던, 지혜의 오스카 여우주연상 수상자급의 연기를 보고, 준은 순간 당황했지만. 곧 지혜의 연기에 맞춰 같이 연기를 하였다. 그리고 지혜가 경찰 아저씨의 이름을 어떻게 알았을까? 궁금증이 생겼다. 순수하고 착해 보이는, 두 명의 아이들의 울음에, 당황한 간호사는 한상철 경장이 402호에 있다고, 병실을 손으로 가리키며 알려줬다.

친절하게 알려주셔서 고맙습니다.

인사를 하며 준은 지혜에게, 그 경찰의 이름을 어떻게 알았냐고 물었다.

네 박사

지혜의 대답은 간단했다.

한상철 경장님. 안녕하세요.

지혜는 공손하게 인사를 했다.

어? 너희들은 누구니?

한 경장은 우리를 보고, 놀라면서 물었다.

저희 엄마가 샘머리 공원에서 일어난 사고 때문에, 중환자실에 입원해 계세요.

한 경장의 입원실을 알아내기 위해, 간호사에게 연기하던 지혜를 보고, 뭔가를 배웠던 준은 재빨리 잔머리를 굴리며, 한 경장에게 물었다.

처음 우리를 보고 놀랐던, 한 경장은 준의 말을 듣고, 고개를 끄덕이며 말했다.

그렇구나. 결국, 그 공원에서 큰 사건이 발생했구나. 그곳은 정말 무서운 곳이다.

준과 지혜가 들은 한 경장의 이야기는 다음과 같다.

둔산 2동 주민들이 샘머리 공원에서, 무서운 일들이 일어나고 있다며, 그 원인을 조사해달라고, 대전 둔산 경찰서에 진정을 넣었다. 경찰관들이 주민들의 진정 내용을 보니, 이 문제는 자신들이 출동해서 해결할 수 있는 일이 아니었다. 왜냐하면, 주민들은 자신들이 입은 피해가 사람에 의한 것이 아니고, 귀신에 의한 것이라고 주장했기 때문이다. 이런 진정서를 본 서장은 "아니 요즘 같은 세상에 귀신이 어디 있냐? 경찰이 무당이냐?"라고 투덜댔다. 무시하고 싶었지만, 주민들이 매일 진정을 넣으니, 주민들의 요구를 무시할 수만은 없었다. 그래서 누군가를 보내 상황을 확인하고, 결과 보고서를 써 주민들에게 보내기로 결정했다. 그리고 전민동에 사는 한 경장이 퇴근하는 길에, 샘머리 공원에 들러 살펴보기로 했다.

한 경장은 8시쯤 샘머리 공원에 도착했다. 한 경장이 공원 밖에서 안을 보니, 한 사람도 보이지 않았다. 텅 빈 공원에 가로등만 켜져 있었다. 왠지 꺼림칙했다. 담 밖에서, 폐가를 들여다보는 기분이 들었다.

공원 입구에서, 한 걸음을 내어 안으로 들어가니, 갑자기 오싹한 기분이 한 경장의 몸을 쓸어내렸다. 그리고 바로 그 순간 공원 안에서, 누군가가 더이상 들어오지 말라고, 절규하는 소리를 들었다. 그 끔찍한 소리를 듣고, 한 경장의 목과 등에서는 식은땀이 흘렀다. 그러나 한 경장은 여기까지 와서, 그냥 돌아갈 수는 없다고, 자기는 대한민국 경찰이라고 되뇌며, 용기를 내어 공원 중앙의 넓은 광장으로 들어갔다. 그러자 무거운 공기가, 머리와 어깨를 짓누르기 시작했다. 그리고 매서운 바람 불어, 한 경장의 얼굴을 때렸다. 한 경장이 그 분위에 눌려, 두 눈을 감고 고개를 돌리자, 자를자글하는 기분 나쁜 소리가 들렸다. 이 소리는 마치 수백 마리의 바퀴벌레가 바로 옆에서 내는 소리 같았다. 미칠 것 같았다. 주머니에서 핸드폰을 꺼내 동료에게 전화하려고 하는데, 손이 떨려, 번호를 누르지 못했다. 그리고 주위에서 남성인지 여성인지, 구별되지 않는 이상한 음성의 웃음이 들렸다.

하하하하. 악악악악.

이쯤 되자, 한 경장은 거의 반 미쳐가고 있었다. 이제는 온몸이 덜덜 떨려왔다. 어디에선가 자신을 노려보는 듯한 시선을 느꼈다. 이 느낌은 말로 설명할 수 없지만, 알 수 없는 무서운 것이 자기를 정확히 노려보고 있다고 확신했다. 한 경장은 그 시선을 찾으려 고개를 들고 주위를 살폈다. 그네 위를 쳐다보자. 사람의 형체를 한 시커먼 무엇인가가, 자기를 시뻘건 두 눈으로 쳐다보고 있음을 알았다. 그리고 그 시커먼 것의 눈과 한 경장의 눈이 마주치는 순간, 한 경장은 다리에 힘이 풀려 펄썩 주저앉았고, 두 손으로 머리를 감싸고 소리를 지르며 쓰려졌다.

내가 오지 말라고 그랬잖아. 아 아 아 아

이 소리를 마지막으로 기억하는 한 경장은, 눈을 떠 보니 병원이라고 했다.

난 샘머리 공원에서 그 소름이 끼치는 소리를 분명히 들었고, 시커먼 무언가를 두 눈으로 똑똑히 봤어! 증명할 순 없지만, 난 그 존재에 대해 분명히 느낄 수 있었어! 그것은 귀신이 맞아!!!

얼굴이 하얗게 질린 한 경장이 덜덜 떨며 말했다.

비밀을 파헤쳐라 1

수업을 마치자마자, 지혜와 준은 둥지 상가에 있는 파리바케트에서 만났다. 그곳에서 어제까지, 학생들과 한경장을 만나서 수집한 자료를 정리하고, 그것을 통해 샘머리 공원에서 일어나는 일들에 대해 연구해 보기로 했다.

준. 우리 뭐를 주문할까?

나는 오렌지 주스랑 소보로빵을 먹을게. 지혜 넌 어떤 거 시킬 거니?

난 토마토 주스랑 단팥빵.

준과 지혜는 각자 먹을 음식을 주문하고, 더치페이로 계산을 했다. 서로에게 부담을 주고 싶지 않았기 때문이다. 그리고 주문한 음료와 빵을 들고 자리에 앉았다.

지혜야 우리가 인터뷰한 내용을 정리했어.

준은 지혜에게 인터뷰 내용을 정리한 수첩을 보여줬다.

샘머리 공원의 비밀

1. 남자인지 여자인지 알 수 없는 소리가 들렸음.

2. 시소와 그네 등의 사물들이 저절로 움직였음.

3. 공원에 들어서자 무서운 기운이 온몸을 감쌌음.

4. 센 바람이 불어, 나뭇잎과 나뭇가지가 날아다님.

어. 정리 잘했네. 내가 생각해 본 내용과 비슷하다.

준의 수첩을 꼼꼼히 살펴보던 지혜가 말했다.

여기에 더 추가할 내용이 없을까? 잘 생각해 보자.

이 정도면 된 거 같아. 준아.

1번은 누군가 이상한 소리를 녹음한 후에, 스피커를 통해 들려준 게 아닐까 싶어.

지혜가 고개를 갸우뚱하며 말했다.

나도 그렇게 생각해. 블루투스 스피커를 이용하면, 사람들을 속이기도 더 쉬울 거 같고.

준의 말에 지혜도 동의했다. 이것으로 1번 문제의 해답을 찾았다고, 준은 생각하며 말했다.

그런데 2번은 어떻게 한 것일까?

지혜가 궁금하다는 표정을 지으며 물었다.

글쎄 갑자기 센 바람이 불어서, 움직인 게 아닐까? 순간적으로 큰 힘이 작용하면, 그네가 움직일 수도 있을 거 같은데.

준은 한 손으로 머리를 긁으며, 자기의 생각을 말했다.

그네는 그렇다고 쳐도, 시소는 바람으로 움직일 수가 있나? 시소를 움직이려면, 힘이 위에서 아래로 작용해야 할 텐데. 바람이 위에서 아래로 부는 경우가 있나? 바람이 원인이라면, 시소가 움직인 것은 설명이 안 돼!

나도 그 점이 이상해. 그네가 움직이는 걸 보고, 놀란 사람들이 시소도 움직인다고 착각한 게 아닐까? 순간적으로 착시가 일어난 거지.

준도 이 문제에 대해서, 더이상의 설명은 어렵다는 듯, 개운하지 않은 얼굴로 말했다.

그리고 지혜야. 그네의 움직임처럼, 4번 현상은 같은 것으로 보면 될 거 같아. 순간적으로 센 바람이 불어서 일어난 것으로.

그래. 나도 그렇게 생각해

지혜는 토마토 주스를 마시며 대답을 했다. 그리고 음식을 그대로 두고 있는 준에게, 먹으면서 생각해 보자고 말했다. 지혜의 말을 들은 준은 여유를 갖고, 생각해 보는 것이 좋을 것 같아서, 지혜의 말대로, 오렌지 주스를 한 모금 마신 후에, 소보로빵을 베어 물었다.

역시 빵은 파리바게트가 맛있어! 그렇지 않니?

맞아, 나도 이 집 빵을 좋아해서, 엄마랑 자주 와서 먹어. 나. 이 집 단골이야.

이 짧은 대화를 통해 준과 지혜는 여유를 가질 수 있었다. 그리고 3번은 사람들이 심리적으로 위축된 상태에서, 잘못 판단한 것으로 의견을 모았다.

이렇게 수첩에 적은 내용을 분석한 후에, 다음 날 저녁 8시에 샘머리 공원 입구에서 만나, 공원 안으로 직접 들어갈 계획을 세웠다.

비밀을 파헤쳐라 2

준은 오늘 아침 눈을 뜨면서부터, 샘머리 공원에 가서, 무엇을 해야 할지 생각에 잠겼다. 밥을 먹으면서, 이를 닦으면서도, 그 생각을 했다. 이런 준의 모습을 보고, 할머니는 정신을 어디에 뒀냐고, 정신을 차리라고 준을 다그쳤다.

학교에 가서, 수업을 받을 때도 마찬가지였다. 수업 시간에도 그 생각에 빠져있다가, 수경샘이 한 질문에 대답을 하지 못했고, 지훈이가 쉬는 시간에 부르는 소리에도, 답을 하지 못하였다. 온통 정신이 샘머리 공원으로 향해 있었다.

지혜야, 잘 가. 이따 보자. 그리고 핸드폰 꼭 챙기고, 너 호신용 호루라기 있다며, 그것도 준비해 와.

너 호루라기에 대해서 어떻게 알았니? 그 호루라기는 우리 외할머니께서 남겨주신 것인데, 위험에 처할 때 호루라기를 불면, 할머니께서 도와주신다고 하셨어. 나에게는 부적과도 같아. 그리고 그걸 몸에 지니면 용기가 생기지. 이따 꼭 가지고 나올게. 너도 너무 일찍 나오지 말고, 정확히 8시에 만나서 같이 들어가자.

7시부터 준은 시계를 보기 시작했다, 나갈 준비는 그 이전에 마쳤다. 외할아버지께는 조별 숙제를 하기 위해, 지훈이네 간다고 둘러댔다. 그리고 준은 방에서 숙제하는 척하며, 공원에서 일을 꾸미고 있는 사람이 누구일까? 생각하고 있었다.

기다리던 7시 50분이 되었고, 준은 지혜에게 전화를 걸어, 샘머리 공원 입구로 나오라고 했다. 지혜는 알았다고 대답하고, 엄마에게 조별 과제를 하러, 경숙이네 집에 간다고 말하며 집을 나섰다. 샘머리 공원 남쪽 입구에서 준과 지혜는 만났다.

지혜야. 핸드폰하고 호루라기 가지고 왔지?

준은 학교 준비물을 챙기듯 꼼꼼하게 체크했다.

여기 있어. 봐봐. 이게 그 호루라기야. 예쁘지? 이 호루라기는 아주 특별한 나무로 만들었대. 그래서 할머니 말씀으론, 호루라기 소리가 나쁜 기운을 없애준다고 하셨어. 그리고 호루라기 위쪽에 내 이름이 새겨져 있어.

지혜는 호루라기를 꺼내 보여 주며 자랑스러워했다.

어! 그러네. 너만을 위한 시그니처구나. 제우스신이 번개를 들고 있는 것처럼 말이야. 너에게는 소중한 물건이구나.

그래. 맞아.

준, 너 핸드폰 챙겨 왔지?

그래. 핸드폰 봐. 이제 들어가자. 가기 전에 심호흡 크게 하자.

숨을 크게 들이마시자, 준의 배가 눈에 띄게 부풀어 올랐다.

잠깐만 나는 핸드폰에 112 번호를 눌러 놓고, 만일에 사태를 대비할게. 너는 동영상을 찍을 준비를 해 놔. 갑자기 서두르면 실수할 수가 있어.

잠바 주머니에서 핸드폰을 꺼내며 지혜가 말했고, 준은 지혜의 말대로, 동영상을 찍을 준비를 마쳤다.

들어가자.

준의 말과 함께 셜록 수사대는 첫발을 딛었다. 그런데 공원 입구에서 한 발 한 발 안으로 들어가니, 무거운 공기가 자신들의 몸을 누르는 압박이 느껴졌다.

이게 뭐지? 무언가 내 몸을 누르고 조이고 있어! 뒤로 물러나자.

강한 압박감에 놀란 지혜가 말했다.

준과 지혜는 서둘러 공원 입구로 물러났다. 그런데 이상하게도 공원 입구로 물러나자마자, 압박감이 사라지고, 평안한 상태로 돌아왔다.

공원의 안과 밖이... 전혀 다른 세상 같아! 마치 공원에 결계가 쳐져 있는 거 같아.

방금 경험한 일을 재빨리 분석한 준이 말했다.

결계? 그게 뭔데?

조금 전 경험했던 묘한 상황을 떠올리며 지혜가 물었다.

나도 잘은 몰라. 책에서 봤는데, 한 세계와 다른 세계를 구별하기 위해서 만든 일종의 보호막 같은 거야. 지금 여기는 공원 밖에서 안으로 들어오는 것을 막기 위해서, 공원 안과 밖의 경계에, 보이지 않는 어떤 힘이 작용하고 있는 거 같아. 그렇지 않니?

준은 자기의 몸을 눌렀던 힘. 그리고 기분 나쁜 느낌을 직감적으로 설명했다.

우리가 심리적으로 위축이 돼서 그럴 수 있어. 잠시 쉬고 마음을 진정시킨 후에, 다시 들어가자.

지혜는 숨을 몰아쉬며 말했다.

준과 지혜는 가볍게 몸을 풀고, 다시 들어갈 준비를 했다. 잠시 후 각오를 단단히 하고 들어갔다. 공원 안으로 들어가니, 다시 압박감이 느껴지기 시작했다. 그러나 용기를 내서, 안으로 한 걸음 더 내딛었다. 이전에 들어가서 느꼈던 경험 때문인지, 두려움이 전보다는 줄었다. 안으로 열 걸음 정도 들어서자, 준과 지혜는 알아채지 못했으나, 두르고 있던 목걸이에서 붉은 불빛이 반짝였다. 그리고 그와 동시에 결계가 깨졌고, 둘을 누르던 압박감도 사라졌다.

지혜야. 이제 괜찮네. 아까는 너무 긴장해서 그랬나 봐.

준은 지혜를 안심시키고, 제자리 점프를 세 번 뛰며, 몸을 풀었다.

그래. 내 몸을 누르고 조이던 느낌이 거짓말같이 사라졌어. 좀 더 들어가 보자.

지혜도 이제 자신감을 찾은 듯, 준을 독려하며 앞으로 나가기 시작했다. 그러면서 신중하게, 지혜는 핸드폰의 통화 상태를 확인했다. 30미터 정도 들어가니, 공원 중앙의 광장이 나타났다. 그런데 갑자기 자욱한 안개가 생기더니, 눈 앞을 가렸다.

갑자기 이게 뭐야! 안개가... 어디서 생긴 거야?

준! 정신 똑바로 차려!

지혜는 당황해하는 준에게 말했다.

그때 기분 나쁜 웃음소리가 주변의 하늘을 떠돌며, 준과 지혜를 맴돌고 있었다.

하하하하. 힛힛힛힛.

인터뷰를 했던 한 경장의 말처럼, 남자의 소리인지 여자의 소리인지 구분할 수 없었고, 준과 지혜를 비웃는 것 같기도 하고, 겁을 주려는 것 같기도 했다.

이게 뭐야? 미치겠네!

과학적으로 설명할 수 없는 일이 눈앞에서 벌어지자, 준의 머릿속은 새하얘졌다. 그리고 그 순간 무서움에 두 눈을 감았다.

준! 정신 차려! 눈을 감지 말고, 고개를 들어 똑바로 봐! 두려움의 실체는 우리의 밖이 아니라, 안에 있어!

지혜는 겁에 질린 준의 어깨를 흔들며 소리쳤다. 이 말을 들은 준은 정신을 차렸다. 그리고 자신이 지혜를 지켜야 한다고 결심했다. 준은 일단 소리가 들리는 방향이 어디인지 찾았다. 귀를 기울이고 방향을 감지하니, 그네 쪽에서 나는 것 같았다. 그래서 지혜의 팔을 잡고, 그네 쪽으로 가자고 했다. 지혜는 정신을 차린 준이, 괴상한 웃음소리가 들리는 방향을 찾아 나아가는 것을 보고 안심했다.

그래 알았어. 준. 우리 같이 가 보자.

준과 지혜가 그네로 가자. 그네 기둥 위에, 사람의 형상을 하고 있는, 하지만 무엇인지는 알 수 없는, 시커먼 것이 보였다. 그것을 쳐다보니, 한 경장을 놀라게 한 게, 이거라는 것을 대번에 알아차릴 수 있었다. 얼굴 부분을 보았다. 빨간색으로 뒤덮인 눈이 우리를 주시하고 있었다.

준은 침착하게 상황을 파악하자고, 마음속으로 되풀이하며 주변을 둘러봤다. 여유가 생기고 겁이 없어지자, 상황이 파악되기 시작했다. 그래 이런 일의 배후엔 사람이 있을 줄 알았는데. 이건 믿을 수 없지만, 귀신의 소행임이 분명하군. 왜 이런 일이 생겼을까? 그리고 이 일을 어떻게 해야 할까? 생각해 보자. 준! 분명히 방법이 있을 거야! 넌 할 수 있어! 그때 준은 가슴에서 무언가 움직이고 있는 것을 알았다. 그것은 얼마 전, 길에서 만난 할아버지가 준에게 준 목걸이였다. 목걸이는 붉은색 빛을 내며 어떤 곳을 향해 가리키고 있었다. 준은 이것을 보고 너무 놀랐지만, 목걸이가 자기를 특정한 장소로 안내하고 있다고 확신했다. 그래서 지혜의 손을 잡고, 그 방향으로 가기 시작했다.

그러자 이 모습을 지켜본 시커먼 귀신은 준과 지혜가 가는 길에 훼방 놓기 시작했다.

준아! 지혜야! 이제 네 집으로 돌아가라! 공원 밖으로 나가면, 아무 일도 없을 거야.

귀신이 회유하고, 협박하는 소리를 듣자, 준은 자기가 가고 있는 곳이 어딘지 모르지만, 제대로 하고 있다는 자신감이 생겼다. 그래서 아무 망설임 없이, 그 방향으로 빠르게 이동했다.

준! 조심해!

지혜가 다급하게 소리쳤고, 준이 뒤를 돌아보니, 회오리바람이 자신들을 향해 무서운 기세로 다가오고 있었다. 준은 그 순간 지혜를 지켜야 한다는 생각에, 지혜를 자신의 뒤로 돌려놓고, 두 팔을 가슴에 엑스자로 만든 후, 회오리바람에 맞섰다.

악~~~~~

외마디 비명을 지르며, 준은 허공으로 붕~ 하고 떠올랐다. 땅에 떨어진 준은 너무 아파서, 몸을 움직이지 못했다. 그런데 준이 허공에 떠올랐을 때, 준의 목에 있던 붉은색의 목걸이가 벗겨졌다. 그리고 그것이 공원 한쪽에 세워진 석상의 목에 걸렸다. 석상은 사람의 형체에 원숭이의 얼굴을 하고 있고, 두 손엔 비파를 들고 있었다.

잠시 후 믿을 수 없는 일이 벌어졌다. 그 동상의 눈이 사람처럼 떠지고, 눈동자가 좌우로 돌더니, 입이 움직이며 말하기 시작했다.

반갑다, 준. 이제 나에게 맡겨라. 우선 네 몸으로 들어갈게.

이 말과 함께 준은 몸을 부르르 떨고, 고개를 상하좌우로 흔들었다. 준의 얼굴에, 석상의 원숭이의 얼굴이 빠른 속도로 나타났다 사라졌다를 반복했다. 잠시 뒤 정신을 차린 준의 얼굴에는 두려움이 사라졌다. 두 손을 머리에 대고, "신(원숭이)"!이라고 외쳤다. 그러자 그 소리와 동시에, 공원에 가득했던 안개가 사라졌다. 곧이어 준은 초등학교 5학년 아이의 움직임이라고는, 믿을 수 없는 빠른 속도로, 아니 어떠한 사람도 낼 수 없는 엄청난 속도로, 시커먼 귀신을 향해 달려갔다. 이 광경을 똑똑히 지켜본 지혜는, 지금 자신의 눈앞에서, 벌어지고 있는 일들이 믿기지 않았다. "현실감이 전혀 느껴지지 않아. 이게 뭐지? 이게 꿈인가?"라고 혼잣말을 했다. 그때 자신의 옷 속에서 목걸이가 움직이는 것을 느꼈다. 그래서 목걸이를 꺼내 보니, 그것 역시 준의 것처럼 붉게 빛나고 있었다. 목걸이는 양의 얼굴이 새겨진 석상을 향해 움직이고 있었다. 너무 놀랐지만, 지혜는 직관적으로, 목걸이가 가리키는 곳으로, 가야겠다고 생각했다. 석상에 목걸이를 걸었다. 그러자 석상의 눈이 떠지고, 눈동자가 좌우 위아래로 움직이더니, 석상이 입을 움직였다.

안녕. 지혜야. 하하하. 나도 네 몸을 빌릴게.

라는 소리와 동시에, 지혜는 몸을 떨고 고개를 흔들었다. 그리고 지혜의 얼굴에 양의 얼굴이 나타났다 사라졌다를 반복했다. 잠시 후 정신을 차린 지혜 역시, 시커먼 귀신을 향해 나는 듯이 달렸다.

준은 시커먼 귀신을 쫓아갔다. 그네 위를 지나, 미끄럼틀의 주위를 뛰어다녔고, 시소 위에도 따라 올라갔다. 그런데 이렇게 뒤쫓기만 해서는, 시커먼 귀신을 붙잡기 어렵겠다고 생각했다. 그때 그네쪽에서 '미(양)'의 소리가 들렸다.

'신(원숭이)'! 내가 있는 쪽으로 그 시커먼 귀신을 몰아!

알았어!

준은 지혜가 있는 쪽으로 시커먼 귀신을 몰기 시작했다. 그네 쪽으로 방향을 잡고 몰아가니, 무작정 뒤를 쫓는 것보다, 훨씬 더 수월했다. 시커먼 귀신과 준 사이의 거리가 점점 가까워졌다. 그때 지혜가 두 손을 머리에 대고, "미(양)"!라고 외치며, 더욱 빠른 속도로 달려가서, 시커먼 귀신이 도망갈 길을 미리 차단했다. 더이상 피할 곳이 없었다.

드디어 혼돈의 수하를 만났구나. 널 기다린 시간이 자그마치 2000년이다.

준이 자신감 넘치는 표정으로 말했다.

아! 넌 십이지신 중 하나인 '신(원숭이)'이군. 결국 잠에서 깨었는가? 너희 놈들의 등장을 막으려고, 이 공원을 봉쇄했는데... 우리의 계획이 실패했구나!

분하고 아쉬움이 가득한 표정으로 시커먼 귀신이 말했다.

귀신아! 나도 있다! 넌 이제 이곳에서 도망칠 수 없어. 우리는 혼돈의 움직임을 막기 위해, 지금까지 참고 기다리고 있었다.

귀신을 향해 여유 있는 모습으로 '미(양)'가 말했다.

빠져나갈 길이 없다는 것을 깨달은, 시커먼 귀신은 눈앞에 있는 적을 바라봤다. 지금 자신이 처한 상황을 헤아려 보니, 십이지신 가운데 둘을 상대해야 했다. 하나라면 두렵지 않지만, 혼자의 힘으로 둘을 상대할 수는 없었다. 마침내 시커먼 귀신은 그 짧은 순간에, 자신이 지닌 가장 강력한 한 수를 써야겠다고 결심했다.

시커먼 귀신은 '신(원숭이)'과 '미(양)'에게 말을 걸며, 일부러 시간을 끌었다. 그리고 그렇게 해서 번 시간 동안, 온몸의 힘을 모두 모아, 단전으로 집중시켰다. 좁은 공간에 계속해서 힘을 모으니, 곧 한계에 도달했다. 계속해서 무리하게 진행을 하면, 단전에 모인 힘이 폭발할 수도 있다. 하지만 시커먼 귀신은 지금의 방법이 아니고서는, 십이지신 중에 둘을 상대할 자신이 없었다. 만약 자신의 작전이 성공한다면, 십이지신 중에 둘을 한꺼번에 제거할 수도 있다. 그렇게만 된다면, 자신의 희생도 아깝지 않다고 생각했다.

'십이지신만 무너뜨린다면, 지구와 인간들을 파멸시킬 수 있다. 조금만 더 견뎌야 한다. 그래야 폭발력이 최고점에 도달한다.' 시커먼 귀신은 고통을 참으면서, 멈추지 않고 힘을 단전에 모았다.

'미(양)'. 오늘은 내가 졌다. 쿨하게 인정하지.

시커먼 귀신은 체념하는 척하며, 고개를 숙인 채로, 뚜벅뚜벅 지혜의 앞으로 걸어왔다.

너희들이... 내 가는 길에 마지막 선물이닷!!!

시커먼 귀신은 소리를 지르며, 재빨리 두 손과 두 발로 지혜를 감쌌다. 지혜는 깜짝 놀라, 시커먼 귀신을 몸에서 떨어뜨리려고 밀어냈으나, 시커먼 귀신에게는 약간의 동요도 일어나지 않았다. 시커먼 귀신은 더욱 강한 힘으로 지혜를 끌어안았다.

이제 너와 나, 모두 공평하게 끝이 난다. 난 빈손으로 돌아가지 않을 거야.

지혜는 어쩔 줄 몰라 하며, 계속해서 몸부림을 치고 있었다. 준은 어떻게든 귀신을 지혜에게서 떨어뜨리려고 했으나, 떨어뜨리지 못했다. 귀신의 몸은 계속 부풀어 올랐고, 곧 터질 것 같았다. 이 위태로운 상황을 본, 준의 머리에는 지혜에게 했던 말이 떠올랐다. "만약 너에게 위험한 일이 생기면 내가 널 지켜줄게."

그래! 내가 지혜를 지켜야 해!

준은 아주 작은 소리로 자신에게 말을 했다. 그리고 준은 귀신과 지혜 사이로 몸을 날렸다. 그리고 틈을 벌리고, 그 사이로 들어가려고 애를 쓰며, 조금씩 그 사이로, 비집고 들어갔다. 귀신은 조금씩 공간을 열어, 준이 들어오도록 도와주었고, 지혜가 빠져나가지 못하게, 지혜의 몸을 꽉 붙들어 잡았다. 귀신은 이런 준의 행동을 보고 자신의 계획대로 잘 되어 간다고, 두 명의 지신을 잡을 수 있다고, 기뻐하며 몸을 터트리려고 했다.

준아! 지금 여기로 들어오면 위험해! 보면 모르니?

지혜야. 내가 널 지켜준다고 했잖아. 걱정하지 마. 내가 널 끝까지 지킬 테니까.

준에게서 "너를 지켜주겠다."라는 말을 듣는 순간, 지혜는 갑자기 할머니께서 주신 호루라기가 떠올랐다. 그래서 호루라기를 꺼내려고 했지만, 시커먼 귀신에 붙들려 있어, 자기의 손을 움직일 수가 없었다.

준! 내 오른쪽 바지 주머니를 뒤져봐!

준은 지혜의 말을 듣고, 무엇을 말하는지 알아차렸다.

알았어.

준은 대답과 함께, 지혜의 오른쪽 바지 주머니에서, 호루라기를 꺼내 지혜에 입에 물렸다. 그리고 지혜는 힘껏 불었다.

호르르르르르르르릇~

이 소리를 듣자, 귀신은 갑자기 벼락을 맞은 듯, 온몸을 떨다가 정신을 잃었고, 그 틈을 타고 준은 시커먼 귀신을 잡아, 지혜의 몸에서 밀어버렸다. 그리고 귀신이 떨어져 나가, 땅에 부딪히는 순간, 쾅!!!

큰 폭발이 일어났다. 순식간에 벌어진 일이었다.

한동안 준과 지혜는 얼떨떨한 표정으로 멍하니 있었고, 자신들이 죽지 않았다는 것을 실감하자, 준은 기쁨의 소리를 지르고, 지혜는 안도의 눈물을 흘렸다.

우리 큰일 날 뻔했어! 준! 위험한 일이 생기지 않을 거라고 하더니. 엉엉~ 이게 무슨 일이야? 엉엉엉~

지혜야. 위험한 일이 생겨서 미안해. 우리 정말 큰일 날 뻔했어! 다시는 엄마 아빠를 못 보는 줄 알았다니까!

준 그런데 네가 나에게 한 약속. 나를 지켜주겠다는 약속을 지켰으니까. 이번 한 번은 용서해 준다.

지혜는 눈물을 닦으며 준을 용서해 주었다.

알았어. 고마워. 지혜야.

십이지신과의 대화

준의 몸에서 누군가 안심하는 소리가 들렸다.

아~ 큰일 날 뻔했네! 준! 너 때문에 나까지 죽을 뻔했다! 지혜의 호루라기가 아니었으면 진짜 위험했어. 지혜야 그 호루라기 어디서 났니? 아! 놀라지 마. 난 아까 저 석상에서 준의 몸으로 들어간 '신(원숭이)'이야.

'신(원숭이)'이 말하는 동안, 준의 얼굴에 '신(원숭이)'의 얼굴이 겹쳐졌다. 그리고 '신(원숭이)'의 말이 끝나자, 지혜의 몸에서도 "난 '미(양)'야."라는 소리가 났다. 그제야 준과 지혜는 석상 안에 있던, 영혼 같은 것이 자신들에게 들어왔었다는 것을 알게 되었고, 지금 그들이 말을 걸고 있다는 것을 알아차렸다.

헐!!! 이게 지금 무슨 시츄에이션이야! 우리 안에 들어온 영혼들과 대화를 하고 있다니. 준과 지혜는 이 상황에 매우 놀랐으나, 지금까지 겪은 신기한 일을 생각하며, 이 일을 자연스럽게 받아들이게 됐다.

이거는 우리 외할머니께서 나에게 주셨어. 위험한 일을 당했을 때, 힘껏 불라고. 그럼 나를 지켜줄 거라고.

지혜는 호루라기를 꺼내며 말했다.

우와! 이거 신단수로 만든 물건이네! 이런 신물이 아직 남아 있다니. 이거 아주 귀한 신물이야! 네가 이걸 불어서 소리를 내니까 그 소리를 들은 시커먼 귀신이 힘을 못 쓰더라고. 이게 우리를 살렸다. 귀한 물건이니까 잘 보관해.

준의 몸을 통해 호루라기를 살펴보던 '신(원숭이)'이 말했다.

먼저 우리 소개부터 해야겠네.

우리는 십이지신이야. 혼돈으로부터 사람들을 지켜내라는 하늘님의 명을 받고, 2000년을 석상 안에서 기다렸지. 그리고 오늘에서야 너희들을 만나, 석상 밖으로 나왔어. 준아, 지혜야 너희들이 가진 목걸이를 봐!

'미(양)'의 말을 듣고, 준과 지혜는 십이지신의 석상에 걸린 자신들의 목걸이를 가지고 왔다. 준은 시커먼 귀신과 싸울 때, 바람에 날린 목걸이가 석상에 걸렸던 일을 떠올리며, 목걸이가 어디 망가지진 않았는지 살폈다. 하지만 다행히도 목걸이는 조금도 상하지 않았다.

너희들의 목걸이에 우리 십이지신들이 새겨 있지? 목걸이의 주인은 이 목걸이에 새겨 있는 지신들과 영적으로 연결되어 있어. 이 목걸이가 동상에 닿는 순간, 그 동상 안에 있는 지신은 너희와 연결이 돼. 그러면 십이지신이 너희의 몸속으로 들어가서, 십이지신의 신력을 너희에게 빌려줄 수가 있지.

음~ 그럼 우리가 십이지신의 힘을 빌려야 할 때마다, 여기에 와서 동상에 목걸이를 닿게 해야 하니?

궁금한 표정을 지으며 지혜가 물었다.

그건 아니야. 처음 연결할 때는 목걸이를 동상에 걸어야 하고, 그 이후에는 우리의 혼이 너희의 혼과 연결이 돼서, 목걸이를 누르며 십이지신의 이름을 부르는 것만으로도, 십이지신의 신력을 빌릴 수 있어.

그런데 십이지신과 연결해서 우리는 뭘 해야 하니?

이번엔 준이 물었다.

너희들은 우리와 함께 방금 물리쳤던, 혼돈의 무리를 찾아서 무찔러야 해. 혼돈의 목표는 지구와 인간의 멸망이야. 그놈들은 자신들의 목표를 이루기 위해서, 지금도 이 땅 곳곳에서, 온갖 나쁜 짓들을 꾸미고 있어. 만약 혼돈의 무리를 찾아서 없애지 않으면, 지구엔 끔찍한 일들이 벌어질 거야.

그게 무슨 말이야? 우리 보고, 너희들을 도와 혼돈의 무리와 싸우라고. 방금 우리 죽을 뻔했다고! 난 이 위험한 일에 참여하지 않을 거야!

죽을 위기를 가까스로 넘긴 지혜는 얼굴을 찌푸리며, 단박에 지신들의 제안을 거절했다.

그런데 지혜야... 십이지신에 의하면, 혼돈이 지구와 인간들을 파멸시킨다고 하는데, 그럼 우리 가족들과 친구들도 위험에 처할 거야. 우리가 나서서 그들을 구해야 하지 않을까?

준은 조금 전 죽을 위기에 처했으나, 두려움보다는 자신에게 주어진 사명에 관심을 보였다.

야! 김준! 너 조금 전의 일을 잊었어? 우리 지금 죽다 살았다고!

십이지신의 제안을 너무도 쉽게 받아들인 준에게, 이해할 수 없다는 듯, 지혜는 소리를 질렀다.

지혜야. 일단 진정하자. 너 계속해서 소리 지르다가 혈압 올라 죽겠다.

김준! 너 죽는다는 소리할래?

알았어. 지혜야 참아. 내가 잘못했어. 진정해.

시간이 흐르고, 준이 계속해서 사과하자, 지혜는 평정심을 찾았다. 그리고 십이지신과 준에게 자신의 행동에 대해 사과를 했다. 그리고 '신(원숭이)'과 '미(양)'와 대화를 나누기 시작했다.

그러니까 우리가 가지고 있는 목걸이는 십이지신과 통하는 물건이고 목걸이에 그려진 지신들만 연결이 된다는 거지?

흥분을 가라앉힌 지혜가 십이지신에게 궁금한 것들을 물었다.

맞아.

'신(원숭이)'은 고개를 끄덕이며 말했다.

그런데 지혜야. 네가 가진 목걸이를 보면, 세 지신의 그림이 있고, 내가 가진 목걸이에도 세 지신이 있네. 그러면 나머지 지신이 여섯이니까, 목걸이의 주인이 두 명이 더 있는 거 아니야?

지혜의 목걸이와 자기의 목걸이를 보며, 준이 차분하게 말했다.

그런 거 같아. 누굴까? 나머지 목걸이의 주인은?

궁금한 얼굴로 지혜가 말했다.

목걸이의 주인과는 아마 자연스럽게 만나게 될 거야. 너희 둘이 만난 것처럼. 준의 목걸이는 목걸이에 새겨진 하늘이라는 글자를 볼 때, 하늘님과 연관이 있는 것 같고, 지혜의 목걸이를 보면 구름이라고 새겨 있으니, 운사님과 연관이 있는 것 같아. 그럼 앞으로 우사님과 풍백님과 인연이 있는 사람을 찾으면 되겠다. 너희들 주변을 잘 찾아봐. 아마 그 친구들도 너희처럼 착하고 용감한 친구들일 거야.

'신(원숭이)'은 준과 지혜의 목걸이를 보며 차분하게 이어나갔다.

그런데 준, 너는 이 목걸이 어디서 났니?

난 길에서 어떤 할아버지의 짐을 들어드리고 선물로 받았는데, 그때 이상한 점이 있었어. 그 할아버지는 내 이름을 알고 있더라고. 내가 알려주지도 않았는데, 내 이름을 불렀어. 그런데 지혜 넌 어디서 났니?

난 집안일로 고민하던 중에, 가슴이 답답해서 바람을 쐬려고, 엑스포 시민 공원 근처에 있는 수변공원에 갔어. 거기에서 만난 할아버지에게서 선물로 받았어. 그러고 보니 우리 둘 다 어떤 할아버지들에게 선물로 받았네. 이거 이상한데 냄새가 나.

지혜의 말이 끝남과 동시에 하늘님과 운사의 웃는 얼굴이 하늘 한구석에 나타났다.

'신(원숭이)'과 '미(양)'는 준과 지혜에게 다른 목걸이의 주인들을 찾는 것이, 우리가 해야 할 첫 번째 일이라고 했다.

준과 지혜에게는 어떤 일들이 기다리고 있을까?

제8화 우사의 후예 하나

하나야. 엄마 병원 갈게.

알았어. 갔다 와.

언제나 그랬던 것처럼, 엄마와 난 똑같이 묻고 대답했다.

잠깐 엄마한테 와 봐.

엄마는 오늘이 내 생일인 것을 알았나 보다. 나는 토스트를 굽다가 엄마에게 갔다.

오늘 오후에 중요한 학술대회가 서울에서 있어. 갔다 오면 9시 좀 넘어서 도착할 거 같네.

엄마는 언제나 바쁘다. 오늘 학술대회가 열리지 않았다면, 아마다른 일이 생겼다고 했을 것이다. 그래서 알았다고, 내가 알아서 하겠다고 말했다.

그래서 미안한데. 네가 엄마를 이해해줘. 그리고 엄마가 카드 줄 테니까 친구들하고 맛있는 거 사 먹고, 선물도 사라. 아! 선물은 아이패드로 해. 그거 좋겠다!

엄마. 아이패드는 저번 크리스마스 때 샀다고 했잖아. 뭘 또 사.

그랬니? 휴~ 엄마가 일이 바쁘다 보니 까먹었다. 아~ 그럼 뭘 사는 게 좋을까?

엄마는 잠시 고민을 하더니, 그냥 "네가 사고 싶은 걸 사."라고 말하며 출근했다. 엄마는 늘 이런 식이다. 내가 무엇을 좋아하는지 모른다. 선물만 비싸면 된다고 생각한다. "엄마! 난 엄마가 정성껏 준비해준 선물을 받고 싶다."라고 이렇게 말하고 싶었지만 참았다. 이 말까지 하면, 내가 더 슬퍼질 것 같았기 때문이다.

알았어. 갔다 와.

나는 통명스럽게 말하고, 토스트와 샐러드를 먹기 위해 식탁으로 갔다.

서원초등학교 5학년 6반 교실

오늘은 이하나의 생일이다. 우리 모두 축하의 박수를 치자.

샘의 말에 아이들은 박수 치며, 생일을 축하해주었다.

하나야! 미역국 많이 먹었냐?

4학년 때 같은 반이었던, 수미가 와서 물었다.

수미야 물어볼 걸 물어봐라. 하나 엄마나 잘 나가는 의사잖아. 하나 엄마는 작년 크리스마스 때, 최신형 아이패드를 선물로 주셨대, 아 정말 부럽다! 우리 엄빠는 크리스마스 때, 내 잠바 사주고 끝냈는데. 우리 엄빠는 내가 원하는 걸 선물로 안주고, 평소에 필요한 걸 선물이라고 준다니까.

지선이가 내 옆으로 와서, 나를 부러워하는 표정으로 쳐다보며 말했다. 미역국을 먹었냐고? 아침밥을 늘 내가 챙겨 먹는데. 오늘도 나는 내가 준비한 토스트와 샐러드를 먹었다. 수미와 지선이에게 아무런 말도 못하고, 그냥 가만히 있었다.

하나야. 오늘 저녁은 어디 좋은 데 가서, 근사한 거 먹을 거니?

수미야. 묻지 마라. 나 상처받는다. 히히힛.

웃으며 말하는 지선이의 말에, 오히려 내가 상처를 받았다.

친구들은 우리 집의 사정을 잘 모른다. 엄마와 아빠가 3년 전, 내가 2학년 때 이혼한 것에 대해서... 그리고 따로 사는 아빠와, 바쁘게 지내는 엄마로부터, 부모의 사랑을 충분히 받지 못하고 있다는 것에 대해... 이런 사실을 친구들에게 이야기하면, 나를 어떻게 볼까? 나를 동정하며 불쌍한 아이라고 생각하겠지? 자존심이 강한 나는 친구들에게 진실을 이야기하지 못하고, 그냥 새침한 표정으로 친구들의 이야기를 듣는다. 친구들과 애슐리에 가서 저녁을 먹을까? 하고 생각을 해봤지만, 친구들이 우리 집에 대해 이것저것 물어보는 것이 두려워서, 그냥 혼자 있기로 했다.

수업을 마치고 집에 가는 길에, 왠지 허전한 기분이 들었다. 그 기분을 자세히 표현할 수 없지만, 우울하고... 뭘 해야 할지 모르겠다는 생각이 들었고. 그냥 멍했다. 그러다 아무 이유 없이 눈물이

났다. 그리고 '이게 뭐지?'. '누가 보면 어쩌지?'라는 생각이 들어서, 눈물을 닦고 집을 향해 뛰었다. 집으로 오니, 더 눈물이 났고, 이번엔 소리 내어 펑펑 울었다. 10분 정도 울었나 시간이 지나자, 마음이 진정됐다. 그리고 지선이에게 전화를 걸어, 아무렇지 않게 "뭐 하냐?"라고 물었다. 지선이는 수미와 둥지 상가에서 떡볶이를 먹고 있다고 했다. 나를 부르려고 했지만, 나는 가족들과 좋은 시간을 보낼 거 같아서, 말하지 않았다고 했다. 지선이의 말을 들으니, 이 아이들과 생일 파티를 하지 못하겠다는 생각이 들었다.

　띠리링 ~

　핸드폰을 보니 아빠다. 생일이라서 전화를 한 것 같다.

　하나야. 생일 축하한다. 사랑해.

　아빠의 따뜻한 음성이 전해졌다.

　어. 아빠 고... 흑흑흑 ... 마... 흑흑흑 ... 워.

　사랑한다는 아빠의 말을 들으니 울음이 터졌고, 한 번 터진 울음을 참지 못했다.

　왜 그래? 하나야! 무슨 일 있니?

　아빠는 당황한 듯 계속해서 물었다.

　아니야. 아무 일 없어.

　나는 겨우 울음을 그치며 말했다.

　아빠가 너한테 갈 게. 거기 가면 다섯 시 정도 될 거야. 아빠 기다려. 알았지.

　응 알았어...

　4시 50분이 되자 핸드폰이 울렸고, 아빠가 도착했으니 주차장으로 나오라고 했다. 나는 아주 빠른 속도로 주차장에 갔다. 나를 본 아빠는 차 밖으로 나오지 않고, 차에 타라고 했다. 아빠는 엄마 모르게 집에 와서, 나를 만나는 것이 걱정됐나 보다.

나는 아빠 옆에 앉기 위해 조수석으로 갔다. 아빠를 직접 보니 마음이 놓였다. 그래서 아빠를 보고, 이제 괜찮다는 표정을 지으며, 입가에 미소를 띠었다.

하나야. 오늘은 네 생일인데... 아빠가 너무 늦게 전화해서 많이 서운했지. 미안해.

아빠의 표정을 보니 진심이 느껴졌다.

아니야. 아빠. 내가 갑자기 바보같이 울어서 놀랐지?

아빠와 나는 갤러리아 백화점으로 가서, 옷을 사기로 했다. 아빠와 함께 이야기하며 옷을 고르니, 어느새 6시가 넘어서 저녁을 먹을 때가 되었다. 나는 아빠에게 배가 고프다며, 초밥집에 가자고 했다. 그곳은 엄마와 아빠가 이혼하기 전에, 우리 가족이 잘 가던 맛집이다.

그래 하나야. 우리 오랜만에 초밥 먹으러 가자.

나는 아빠의 손을 잡고 들뜬 마음에, 초밥집으로 들어갔다. 그 집은 예전 그대로였다. 가게 안 인테리어도 그렇고, 우리에게 자리를 안내하던 주인아저씨도 똑같았다.

어? 우리집 단골손님이셨죠. 오랜만이네요. 어디 다른 곳에 이사 가셨나 봐요?

초밥을 만드는 아저씨가 우리를 알아보고 말했다.

네~ 제가 직장 문제로 서울로 이사 갔습니다. 허허허. 우리 알아보시네요.

아빠는 어색한 웃음을 지으며 능청스럽게 대답했다.

그럼요. 사모님과 함께 저희 가게에 자주 오셨잖아요. 한 3년 만에 오신 거 같은데요. 하하하

네. 맞아요. 제가 딸애랑 대전에 올 일이 있어서 들렀다가, 여기서 초밥을 먹고 싶다고 해서 왔어요.

아빠는 예전에 우리가 자주 먹던 것들을 시켰다. 오랜만에 초밥을 먹었지만, 예전의 맛이 느낄 수 있었다. 즐거운 저녁 식사를 하고 갤러리아 백화점에서 나와, 집 근처의 커피숍으로 갔다.

하나야. 아빠가 너에게 미안한 게 한두 개가 아니다. 아빠가 우리 가정을 지키지 못해서 미안...해

아빠는 고개를 숙이며 말했다.

아빠. 이제 나도 아빠를 이해할 수 있어. 처음에는 아빠가 집에 없으니까, 아빠를 원망하기도 했는데. 어느 날 아빠도 얼마나 힘이 들었을까? 생각이 들더라고. 그러니까. 너무 미안해하지 마.

나는 아빠의 슬픔과 미안해함을 느낄 수 있었다. 엄마와 아빠가 이혼하는 과정에서, 우리 가족 모두가 상처를 받았다. 엄마는 사업에 실패한 아빠를 원망했고, 아빠는 아빠의 실패를 꼬집어 말하는, 엄마에게 받은 상처가 컸다.

그리고 나는 엄마와 아빠가 서로에게 상처를 주기 위해, 내뱉은 가시 돋친 말들과, 이 말들 사이에 숨어있는 감정들을 읽으며, 너무 마음 아팠다. 그리고 엄마와 아빠의 이혼이 주변 이웃과 학교 친구들에게 알려질까 봐, 늘 조마조마하며 지냈다. 이러한 상황을 되돌

릴 수만 있다면, 지금도, 예전으로 돌아가고 싶다고, 잘 때마다 생각하고 있다. 하지만 그런 일이 일어날 수 없다는 것을 잘 알고 있다. 이 상처를 우리는 스스로 견뎌내야 한다.

아빠와 커피숍에서 이야기를 나누고 있는데, 엄마에게 문자가 왔다. 아빠에게 그 문자를 보여 주었다.

하나야. 엄마 학술대회 마치고, 집으로 가고 있어.
30분 후면 도착할 거야.

하나야. 엄마가 집으로 온다니, 이제 집으로 가야겠다. 오늘 아빠 만난 거, 엄마에게는 비밀로 하자.

알았어. 아빠. 나 집에 갈게. 그리고 앞으로 자주 전화할게.

그래 알았어.

아빠는 헤어지며, 나를 온몸으로 안아주었다. 아빠의 품은 변함없이 따듯했다.

엄마의 아픔 그리고 하나의 슬픔

집에 오니 엄마가 예상보다 일찍 와 있었다. 엄마는 아빠에게 받은 선물을 들고, 방으로 조용히 들어가는 나의 모습을 보고, 내가 아빠와 만났다는 것을 알았다.

하나야. 아빠 만났니? 응?

엄마는 얼굴을 찡그리며, 짜증 나는 소리로 물었다.

나는 아빠와 만난 사실을, 더이상 숨길 수 없다고 생각해, 솔직히 이야기했다.

어. 아빠 만나서 선물 사고, 저녁 먹고, 커피숍에서 얘기하다가 왔어.

뭐! 아빠 만났다구! 아빠를 만나려면 엄마의 허락을 받아야 하고, 삼 개월에 한 번씩만 만나야 한다고 했니? 안 했니?

아빠를 만난 사실을 숨기지 않고, 당당히 얘기하는 내 모습을 보고, 엄마는 더욱더 화가 난 것 같았다.

엄마. 오늘은 내 생일이잖아. 엄마는 학술대회 때문에 늦게 오고, 그래서 아빠 만났는데, 이게 잘못된 일이야?

아빠를 만난 일로 짜증 내는 엄마에게, 나도 물러서지 않고 대답을 했다.

이하나! 너 그걸 말이라고 하는 거니? 엄마가 놀다 온 게 아니잖아! 일이 있어서 그런 거잖아. 엄마는 너와 잘 살기 위해서, 열심히 일하고 있는데, 너는 엄마 몰래 아빠를 만났다고 하니까, 화가 안 나겠어? 아빠는 가정을 지키지 못한 무능력한 사람이고, 우리를 떠난 무책임한 사람이야. 네가 아빠를 만날 때마다, 엄마는 너에게 배신감을 느껴! 뭐 때문에 우리를 버리고 떠난 사람을 만나니?

엄마는 평소에도, 내가 아빠에 관해서 이야기하는 것을 싫어했다. 어릴 때 아빠와 놀던 일, 아빠와 여행 갔을 때의 일을 이야기하면, "당장 그만 얘기하고! 방에 들어가서 공부해!"라고 말했다. 그런데 오늘 내가 아빠를 만났다고 하니, 기분이 더 나쁜 거 같았다.

그리고 아빠를 아무 때나 만나면 공부하는데, 얼마나 방해가 되겠니? 너 해야 할게. 얼마나 많은지 잘 알잖아. 엄마가 이렇게 하는 것도 다 너를 위한 일이야.

엄마! 이제 그만해!

내 생일에 아빠를 만났다고, 화를 내는 것이 이해되지 않았고, 아빠를 나쁘게 말을 하는 게 듣기 싫었다.

그만하라고! 아빠는 나쁜 사람이 아니야! 나에게 아빠는 그냥 좋은 아빠야! 엄마와 아빠는 성격이 맞지 않아 이혼했지만, 나와 아빠는 서로 잘 맞는 부녀 사이라고. 아빠가 무능력하고 무책임한 사람이라고 했지? 그 말도 틀렸어. 아빠가 얼마나 열심히 일했는지 몰라? 아빠는 잠자는 시간, 쉬는 시간도 줄여가며 일했어. 아빠가 사업에 실패한 건, 무능력해서가 아니라, 무리하게 사업을 확장해서 그런 거야! 그리고 무리하게 사업을 확장한 것도, 어떻게 보면 돈을 더 벌어야 한다는 엄마의 재촉에 못 이겨, 그렇게 된 거고!

너 무슨 말이야? 누가 그런 말 했어? 네 아빠가 그렇게 말했니? 엄마가 아빠에게 돈을 더 벌어오라고 재촉했다고!

엄마는 내 이야기를 듣고 너무 억울한 듯 물었다.

아니야. 아빠는 엄마에 대해 나쁘게 말하지 않아. 엄마만 아빠에 대해서 욕을 하지. 아빠는 이혼한 것도, 사업에 실패한 것도, 다 자기 때문이라고 해. 엄마가 아빠에게 돈을 더 벌어오라고 재촉했다고 한 건, 내 생각을 말한 것뿐이야!

나는 그동안 엄마에게 하지 못했던, 내 안에 숨어있던 말들을 다 해버렸다. 그런데 내 이야기가 끝나자, 엄마는 눈물을 흘렸다. 뺨 위로 흐르는 눈물을 손으로 닦고, 엄마의 방으로 들어갔다. 나는 아빠를 위해서 옳은 말을 했다고 생각했지만, 엄마의 눈물을 보니, 엄마에게 미안했고, 마음이 아팠다. 그래서 착잡한 마음에 밖으로 나갔다.

우사와의 만남

하나는 단지 안에 있는 놀이터에 갔다. 어두워서 그런지 아무도 없었다. 빈 그네에 앉았다. 한숨을 쉬며, 발로 흙을 툭툭 차고 있는데, 작은 개가 나에게 다가왔다. 하얀색 털의 작은 강아지는, 귀가 얼굴 아래까지 내려와, 귀여운 얼굴로 나를 보고 있었다.

야! 너 이름이 뭐야? 예쁘게 생겼네.

멍멍!

근데 너 주인 어딨니? 왜 혼자 나왔어?

나는 주위를 살펴봤지만, 강아지 주인으로 보이는 사람을 찾지 못했다. 그래서 강아지만 혼자 있는 것을 보고, 주인이 버린 강아지가 아니면, 집을 나온 강아지라고 생각을 했다. 이 강아지는 나에게 천천히 다가오며, 불쌍한 눈으로 나를 쳐다봤다. 그 모습을 보니, 배가 고픈가 보다는 생각이 들었다. 그래서 강아지에게 먹일 것을 사기 위해 둥지 상가에 갔다. 그 강아지는 둥지 상가로 가는 동안, 내 뒤를 졸졸 따라왔다. 둥지 상가에 도착하여, 지하 1층에 있는 슈퍼마켓으로 내려가려고 하는데, 문득 강아지를 데리고 가면 안될 거 같았다. 그래서 강아지를 보고 "넌 여기에 있어야 해"라고 말을 했다. 신기하게도 그 강아지는 내 말을 알아들은 것처럼 그자리에 앉았다.

슈퍼마켓에 들어가니, 무엇을 사야 할지 몰랐다. 그래서 가게 주인아저씨에게 물었다.

아저씨 강아지한테 먹이려면 뭘 줘야 해요?

글쎄 뭘 주어야 하나? 사람이 먹는 거 그냥 주면 되는 거 아니야?

아저씨도 모르겠다고, 대충 빵 같은 거 먹이면 어떠냐고 했다. 그 말을 듣고 생각을 해보니, 빵은 먹이기도 편하고, 배불리 먹일 수도 있을 거 같았다. 그래서 소보로빵과 우유를 샀다.

야! 일로 따라와라. 빵 먹자.

놀이터에서 빵을 주면, 빵에 흙이 묻을 거 같아서, 장소를 옮겨 104동 앞 벤치로 갔다. 그리고 벤치에 앉아서, 빵과 우유를 먹였다. 강아지는 내 생각처럼, 배가 고팠는지 맛있게 잘 먹었다. 그리고 고맙다는 듯 꼬리를 치며, 내 손을 핥았다.

어! 우리 순돌이가 어딨나? 했는데 여기 있었구나.

강아지 주인으로 보이는 할아버지가 나타나자, 그 강아지는 할아버지에게 꼬리를 치며 달려갔다. 할아버지는 그 강아지를 안아주며, 자기의 얼굴을 강아지의 볼에 비비며 예뻐했다.

우리 순돌이에게 먹을 걸 줬니? 고맙구나.

별일 아니에요. 순돌이가 집을 잃고, 헤매는 줄 알았거든요. 불쌍해서 그런 거예요.

사실 나는 주인 없이 혼자 돌아다닌 순돌이를 보고, 나의 처지와 비슷하다고 생각했다. 저 강아지도 나처럼, 외롭고 힘들겠다고 생각을 하자, 차마 외면할 수가 없었다. 그래서 도와준 것이었다.

순돌이는 예민한 녀석이라, 아무나 주는 음식을 먹지 않는다. 네가 준 음식을 먹은 것 보니, 순돌이가 너의 행동에서 진심을 느꼈나 보다. 그걸 보면 네가 작은 동물도, 사랑하는 마음을 가진 아이라는 것을 알 수 있다.

할아버지는 내가 순돌이를 도와준 것을 보고, 고마워하며 칭찬했다. 오늘 처음 만난 할아버지였지만, 어른에게 칭찬을 들으니, 정말 기분이 좋고 뿌듯했다. 그리고 할아버지는 고맙다며, 목걸이를 선물로 주셨다.

이것은 네가 생명을 소중히 여기는, 사랑이 많은 아이라서 주는 거다. 귀한 것이라면 귀한 것이니, 항상 목에 걸고 있어라. 그리고 언제나 생명을 소중히 여기는 사람이 되거라.

네 고맙습니다. 할아버지 목걸이 소중히 간직할게요. 그리고 생명을 소중히 여기는 사람이 될게요.

나는 이 선물을 받고, 엄마처럼 의사가 되어서, 사람들의 생명을 지키는 일을 해야겠다고 생각했다. 그리고 집으로 돌아왔다. 거실의 불을 켜고 들어서니, 엄마의 방이 눈에 들어왔다. 아까 엄마에게 내가 너무 심한 말을 했다는 생각이 들었다. 그래서 엄마에게 사과의 편지를 쓰기로 했다.

사랑하는 엄마에게

엄마. 안녕, 하나야.

나를 낳아줘서 너무 고마워.

엄마 덕에 세상에 나와서, 행복하게 지내며 살고 있어.

오늘은 열두 번째 생일. 근데 즐겁지만은 않았어.

왜냐하면, 예전처럼 엄마와 아빠와 함께하지 못했으니까.

친구들은 엄마와 아빠가 이혼한 걸 몰라. 말하지 않았거든.

당연히 엄마와 아빠에게 생일 축하를 받은 것으로 알고 있지.

그리고 엄마가 해준 선물을 보며, 나를 몹시 부러워해.

그런데 엄마. 엄마와 아빠가 해준 선물보다, 난 엄마와 아빠의 사랑이 더 받고 싶어.

예전에 엄마와 아빠와 함께했던 생일들이 더 기억나고, 소중하게 느껴져.

그래서 오늘은 너무 힘들고 슬펐어.

학교를 마치고 집에 와서 아빠랑 전화하는데, 나도 모르게 울음이 나더라고.

그걸 듣고 놀라서, 아빠가 집에 온 거야.

엄마. 나를 좀 더 이해해 주면 안 될까?

난 아직 엄마와 아빠의 이혼을 받아들이지 못하고 있나 봐.

그리고 난 아빠도 사랑해. 혼자 지내는 아빠가 불쌍하고.

엄마와 아빠는 서로 생각이 달라서 이혼했고, 난 엄마와 함께 살고 있지만,

난 아빠가 밉거나 싫지 않아. 아빠가 보고 싶고.. 그리워...

가끔 엄마가 아빠를 원망할 때, 그 말이 너무 듣기 싫더라고.

그래서 오늘 엄마에게 그렇게 말을 한 거 같아.

그런데 엄마가 눈물을 흘리는 걸 보니까.

내 마음도 너무 아파서 가슴이 찢어질 거 같아.

엄마 미안해. 그리고 사랑해.

엄마를 사랑하는 딸 이하나

제9화 풍백의 후예 태풍

서원초등학교 5학년 6반 교실

오늘 종례는 이것으로 마친다. 내일 남학생들 독서록 가지고 오는 것 잊지 마라.

네!

그리고 오늘은 박태풍 상담할 거니까? 5분 뒤에 교무실로 오도록.

네 알겠습니다.

담임쌤은 특별한 교육철학을 가지고 있다. 학년 초에 반 아이들과 상담을 한다. 쌤은 상담을 통해 학생들과 빨리 친해질 수 있고, 학생들이 무엇을 원하는지 파악할 수 있다고 생각해, 학기 초 상담은 꼭 필요한 일이라고 한다. 쌤과 상담하는 게 거북하지만 반 아이들 모두 하는 것이니 어쩔 수 없다.

　샘 저 왔습니다.

　인사를 하고 어색하게 샘 앞에 섰다.

　그래, 태풍아 여기 앉아라.

　샘은 웃으면서 자리를 내주었다.

　태풍아 김영태샘이 너 착한 아이라고 칭찬하시더라. 그리고 잘 대해 달라고 당부도 하셨다. 나하고도 잘 지내자.

　김영태샘은 4학년 때 담임이다. 4학년을 보내는 동안, 샘은 나에게 따뜻하게 대해 주셨고, 친구들이 나를 놀리지 못하도록, 세심하게 보호해주셨다. 5학년이 될 때에도, 영태샘이 계속 담임을 해주시길 바랐다. 내가 좋아하는 샘이다.

　어! 태풍이 국어와 체육을 잘하는구나. 그런데 수학하고 과학은 좀 더 열심히 공부해야겠다. 집에서 수학하고 과학 공부하고 있니?

　샘이 내 눈을 보고 미소를 지으면서 말했다.

　음... 어... 솔직히... 수학하고 과학 공부는... 잘하지 않았어요.

　샘의 진심 어린 눈빛에 난 솔직하게 대답했다.

　먼저, 공부할 때 가장 중요한 것은, 집중해서 수업 내용을 잘 들어야 한다는 거야. 샘이 교과서 내용을 설명할 때, 중요한 내용에는 밑줄도 긋고, 별표도 하면서 들어 봐라. 수업이 끝날 때까지 집중이 잘 될 거야.

　...네 그렇게 할게요.

　그리고 수학 공부는 익힘책에 있는 문제를 꼼꼼하게 풀어보는 것부터 시작해 보고, 과학은 학교에서 공부한 내용을 집에 가서 다시 살펴봐. 밑줄 치고, 별표했던 것 중심으로 읽어보는 거지. 그러면 공부한 게 어떤 건지, 이해가 잘 될 거야. 그다음에는 서점에 가서 문제집을 사서, 관련 내용을 깊이 있게 공부해라.

네.

공부를 잘 하지 않았는데, 샘이 공부 이야기를 꺼내니 쑥스러웠다.

그리고 지금 우리 반에 친하게 지내는 친구가 있니?

음... 없어요...

나는 이런 질문을 집에서나, 샘에게서 들을 때 난감하다. 왜냐면 친하게 지내는 친구도 없고... 내가 학교생활을 잘못하고 있다고 생각이 들기 때문이다.

그럼. 다른 반에는?

없... 없어요...

그래. 알았다. 샘이 너에게 이런 질문을 하는 건, 태풍이 네가 뭘 잘못하고 있다는, 이야기를 하려는 게 아니야. 우리가 앞으로 일 년 동안을 함께 지낼 텐데. 어떻게 해야 우리 모두 즐겁게 지낼 수 있을지에 대해, 참고하려고 하는 거야. 그러니까 지금 샘이 한 질문 때문에 기죽을 필요 없어. 더구나 넌 3학년 때 전학을 왔으니까. 그럴 수 있지. 그런데 올해에는 친구를 사귀었으면 좋겠다. 초등학교 5, 6학년 때 친구들은 어른이 돼서도, 진정한 친구로 남을 수 있거든. 너도 노력해봐. 샘도 도와줄게.

사실 샘의 이 이야기가 내 마음을 불편하게 만든 건 사실이다. 전학 온 이후로 제대로 된 친구를 사귀지 못했으니까. 친구에 대한 질문을 받을 때마다 추궁을 받는 것 같았다. 하지만 샘이 진심으로 걱정을 해주는 거 같아서 고마움이 느껴졌다. 그래서 "알겠습니다." 라고 대답했다. 올해는 친구를 사귀는 일에 나도 노력을 해야겠다.

그리고 샘이 걱정이 돼서 이야기하는 건데... 친구들이 너를 놀리면 샘에게 이야기해라. 특히 네 어머니께서 베트남에서 오셨다는 이유로, 장난을 치는 애가 있다면, 즉시 샘에게 알려줘. 그건 있어서는 안 되는 잘못된 행동이다. 네가 그런 일로, 상처를 받지 않았으면 좋겠고, 혹시라도 네가 그 친구에게, 폭력을 쓰는 일이 없었으면 좋겠다. 만약 네가 그런 일로 친구를 때리게 되면, 그 아이의 잘못보다 네 잘못이 더 크게 부각 될 거야. 3학년 때도 그런 일이 있었잖아? 그때 너도 크게 상처를 받았을 거라고, 샘은 생각하거든. 태풍이 네가 현명하게 행동했으면 좋겠어. 샘이 너의 편이 되어 줄게.

샘의 말을 들으니 눈물이 날 거 같았다. 지금까지 나를 놀리는 아이들이 많았다. 그 아이들은 나를 약간 검은 피부색이나, 엄마의 나라인 베트남과 연관 지어 놀렸다. 아까도 내 옆을 지나가면서, 일부러 "배트맨"이라고 소리치는 애가 있었다. 베트남 사람이라는 뜻이다. 그 말을 듣는 순간 화가 났지만, 어떻게 할 수 없어서 그냥 참았다. 4학년 때는 김영태샘이 아이들에게, 나를 괴롭히지 말라고, 강한 어조로 이야기해 주었고, 장난이 심한 아이들에게는, 그 아이들의 부모님께 전화를 걸어, 학교에서 있던 일을 알려주기도 했다. 그래서 4학년 때는 큰 사고 없이 넘어갈 수 있었다. 지금 담임샘과 상담을 해 보니, 올해도 작년처럼 큰 사고 없이, 잘 지낼 수 있겠다는 생각이 들었다.

　네. 알겠습니다.

　그래. 그리고 샘에게 특별히 하고 싶은 말이 있니?

　... 아니오... 없어요.

샘의 말이 믿음직스럽고 고마웠지만, 특별히 샘에게 할 말이 없었
다.

　그래 이제 가 봐라.

　내 어깨를 부드럽게 잡으시며 말했다.

편견과 차별

　태풍아 이제 학교 갈 시간이야.

　부드러운 소리로 웃으며 엄마가 말했다.

　알았어. 엄마. 지금 갈 거야.

　가방을 들고 방에서 나오며 대답했다.

　우리 아들. 학교에 잘 갔다 와라. 친구들과 다투지 말고, 마음이
넓은 네가 참아라. 알았지?

　엄마는 내가 학교에 갈 때마다, 학교에 가서 친구들과 싸우지 말
고, 참으라는 이야기를 꼭 한다.

　알았어. 걱정하지 마.

　평소처럼 집에서 나와, 학교에 갔다.

1교시 국어 시간에 대전 사투리에 대해서 공부했다.

애들아. 사투리는 그 지역 사람들의 감정과 문화가 담긴 소중한 언어 유산이다. 요즘 사투리에 대해 부정적인 생각을 가지고, 표준어만을 사용해야 한다고, 생각하는 사람들이 많은데. 이것은 우리 언어 유산을 소홀히 여기는 잘못된 태도야. 공적인 상황에서는 표준어를 사용하더라도, 사적인 상황에서는 사투리를 사용해도 괜찮고, 사투리는 우리의 마음을 전하는 데 오히려 효과적이야.

샘! 근데. 사투리 쓰면 좀 촌스러워 보여요. 사투리 쓰면 안 되는 거 아니에요?

외모에 신경을 많이 쓰는 정식이가 손을 들고 샘에게 물었다.

그래? 그럼 서울말은 세련된 것이고, 사투리가 촌스러운 거라고 생각하는 이유에 대해 말을 해 볼래?

샘은 정식이와 우리들의 얼굴을 보며 물었다.

음... 그냥 그런 생각이 드는데...

정식이가 손으로 머리를 긁으며, 모르겠다는 표정으로 말했다.

그럼, 정식이 말고 다른 친구가 대답해줄래?

샘의 질문에 누구도 대답하지 못했다. 사실 나도 사투리를 사용하는 것이 잘못된 행동이라고 생각을 했지만, 그 이유를 설명하자니, 할 말이 없었다.

많은 사람들이 아무런 이유도 없이 편견을 가지고, 서울말은 우리나라의 수도에서 사용하니 세련된 것이고, 사투리는 지역 말이니 수준이 낮은 것이라고 생각하지. 앞에서 샘이 말 했듯이, 사투리에는 지역 사람들의 문화와 정서가 담겨 있거든. 서울 지역의 말은 그 지역에 사는 사람들의 문화와 정서가 담겨 있고. 대전 충남 지역의 말에는 우리 지역에 사는 사람들의 문화와 정서가 담겨 있다.

서울말이 세련되고, 사투리가 촌스럽다는 생각에는, 지역 사람들의 문화와 정서가 수준이 낮은 것이라는 생각이 깔려있다. 여러분들이 볼 때, 우리 지역의 문화와 사람들의 정서가 촌스럽니?

그렇게 생각하니까? 기분이 나쁘네요. 지역의 문화와 지역 사람들의 정서는 서로 다른 거지. 어느 것이 좋고, 어느 것이 나쁜 것은 아니라고 생각해요.

똑똑하고 공부 잘하는 아이로 인정받고 있는 하나가 말했다.

그렇지. 샘도 하나처럼 생각해. 우리 지역의 문화와 지역 사람들의 생각을, 우리 스스로 비하하지 말자. 그리고 다른 문화와 다른 사람의 생각도 비하하지 말고. 알았지?

네 알겠습니다.

반 아이들이 모두 대답했다.

샘 그럼, 표준어는 왜 만들었나요?

내 짝인 주희가 물었다.

표준어를 왜 만들었을까? 샘이 하나의 상황을 예로 들어서 설명해 볼게. 우리나라의 중요한 문제가 생겼다고 가정하자. 무엇을 예로 들어볼까? '커다란 운석이 우리나라에 떨어진다.'로 정하자. 이 문제는 반드시 해결해야겠지? 그래서 각 지역에 사는 사람들이, 모두 모여서 해결책을 찾기 위해서 회의를 했어. 그런데 회의를 하는데, 서로 자기가 사는 지역의 말로 회의를 하니까, 부산에 사는 사람의 말을, 원주에 사는 사람이 잘 이해를 하지 못하고, 충주 사람의 말을, 제주 사람이 잘 이해를 하지 못하는 상황들이 일어나는 거야. 이런 상황이 계속되면, 회의를 진행하는 게 매우 어렵겠지? 그래서 우리나라의 사람들이 누구나 알아듣기 쉽게, 우리나라의 수도인 서울 지역의 말을 중심으로, 표준어를 만들고 사용하기로 한 거야.

샘! 그럼 표준어를 사용하게 되면, 다른 지역에 사는 사람들도, 서로 듣고 말하는 것이 편해지겠네요.

현준이가 샘의 말을 듣고 알겠다는 표정을 지으며 말했다.

딩동댕. 잘 알았구나. 이제 표준어가 생긴 이유를 알았고, 우리 지역의 말이 우리나라의 소중한 언어 유산이라는 것도 알았지. 우리는 대전에 살고 있으니까, 우리 지역의 사투리를 실제 생활에서 사용하는 활동을 해볼게.

샘은 이렇게 이야기를 하며 칠판에 두 문장을 적었다.

○○야 학교에 가야지. - 엄마
네 알겠습니다. 학교에 다녀오겠습니다. - 나

'엄마'의 역할을 할 친구와 '나'의 역할을 할 친구를 샘이 정할 테니까, 대전의 사투리로 표현해 보자.

엄마의 역할은 하나가 하고, 나의 역할은 주희가 해봐.

주희야. 갈 겨, 안 갈 겨?

갈 겨.

하나와 주희의 역할이 끝나자 아이들이 모두 뒤집어졌다. 정식이
는 손으로 책상을 두드리며 웃었고, 샘도 박수 치며 웃었다.

아주 잘했어! 백 점 만점에 백 이십 점이다! 우리 지역의 말은
표현을 줄여서 하는 특징이 있는데 이걸 아주 잘 표현했어.

이번에는 '엄마'의 역할은 정식이가 '나'의 역할은 태풍이가 해봐
라.

샘. 태풍이는 배트맨이라, 다른 애로 바꿔야 할 거 같은데요.

나를 보고 낄낄대며 은식이가 말했다.

장은식! 무슨 말이지? 태풍이가 왜 배트맨이니?

갑자기 얼굴이 굳은 샘이 은식이에게, 화가 난 표정을 지으며 물
었다. 교실 분위기가 조금 전까지 화기애애했지만, 은식이의 말을
들은 동시에, 변한 샘의 표정과 목소리로, 교실 분위기는 심각하게
바뀌었다. 샘의 달라진 태도에 은식이도 당황한 듯, 우물쭈물하고
있었다.

장은식! 태풍이에게 왜 배트맨이라고 했니?

그게... 태풍이는 베트남 사람이라는... 의미로 한 거에요.

샘은 은식이의 말을 듣고, 우리 모두를 둘러보고 이야기를 했다.

태풍이는 어머니께서 베트남에서 오셨고, 아버지는 우리나라 분
이다. 그 두 분 사이에서 태어난 태풍이는, 이곳에서 태어나고 자라
서, 우리와 함께 생활하고 있다. 우리와 다른 것은 어머니께서 베트
남분이라 외모뿐이지. 지금 은식이가 태풍이에게 한 말에는 차별과
모욕이 담겨 있어.

샘이 방금 서울말과 사투리는 다른 것이지. 어느 것이 뛰어나고,

어느 것이 떨어지는 것은 아니라고 얘기했잖아. 사람들도 똑같다. 자기와 다른 사람들도 존중해야지. 자기와 다르다는 이유로 차별하고 모욕해서는 안 된다. 이후로는, 우리 반에서 이와 같은 일이 벌어지지 않도록 모두 노력하자. 우리 학교에 다문화가정의 자녀가 태풍이 말고, 한 명 더 있지. 3반에 최지혜. 지혜는 공부를 잘하고, 예뻐서 인기가 많지. 그런데 샘이 볼 때는 지혜든 태풍이든 똑같은 아이들이고, 너희들도 이 아이들과 다르지 않다. 다시 말하지만 사람의 출신과 지역과 외모로 차별하지 않기를 바란다. 앞으로 다시 이런 일이 생기면, 샘이 가만히 있지 않을 거야. 그리고 이 말은 은식이 말고도, 모두에게 하는 말이니 명심하도록 해라.

1교시 수업은 끝이다.

이렇게 1교시 수업이 무거운 분위기 속에서 마쳤고, 남아 있던 수업도, 무거운 분위기 속에서 진행이 되었다. 샘이 이야기를 해서 그런지, 아이들이 하나둘씩 모여 은식이에게 네 잘못이라고, 앞으로도 조심하라고 말했다. 그리고 은식이는 나에게 사과했다. 나는 이 일을 엄마에게 말하지 않기로 했다. 엄마가 걱정할 테니까.

엄마, 학교 갔다 왔어.

나는 학교에서 별일이 없었던 것처럼, 태연하게 말하며 방으로 들어가려고 했다.

태풍아 일로 와 봐.

엄마의 표정이 좀 어두웠고, 목소리가 약간 떨리는 것 같았다.

담임 선생님께 전화가 왔다. 반에서 한 아이가 널 놀렸다고, 샘이 다시는 학교에서, 이런 일이 생기지 않도록 노력하겠다고 말씀하셨어, 그리고 태풍이가 괜찮은지 걱정이 된다고...

  엄마의 눈에서 눈물이 떨어질 것 같았다. 걱정스러운 표정으로, 오른손으로 왼 손가락을 만지며 말했다. 그걸 보니 내 마음이 아파온다. 그래서 아무렇지 않다는 듯이 괜찮다고, 샘이 은식이를 혼내주고, 아이들에게도 다시는 나에게 잘못하지 말라고, 이야기했다고 전했다. 그리고 이번 샘도 좋은 분인 거 같다고 덧붙였다. 엄마와 대화를 마치고 태연하게 방으로 들어갔다.

제10화 태풍이와 하나의 만남

　태풍이의 아빠가 회사에서 돌아오자. 태풍이의 엄마는 선생님과의 전화 통화를 태풍이 아빠에게 이야기했다. 이야기를 하던 중, 태풍이의 엄마는 태풍이 마음이 얼마나 아팠을까? 생각이 들어 눈물을 흘렸고, 태풍이의 아빠는, 태풍이와 엄마를 생각하니 마음이 무거워졌다.

　여보, 마음 아프지. 나도 아프네... 태풍이가 잘 이겨 낼 거야.

　태풍이의 엄마를 안고 어깨를 두드리며 위로했다.

　저녁을 먹은 후에, 아빠가 태풍이를 불렀다.

　태풍아. 엄마에게 이야기 들었다. 음... 아빠가...

　태풍이의 아빠는 고개를 숙인 채로 말했다.

　아빠가 왜? 미안해하고 있어! 잘못은 은식이가 했는데. 그러니까 나한테 미안하다고 말하지 마! 이런 표정을 보는 게 더 힘들어!

태풍이는 자기가 당한 일보다, 엄마와 아빠가 이 일로 상처를 받는 것이 더 싫었다. 그래서 아무런 일이 없었던 것처럼 집에 왔는데, 샘의 전화로 엄마와 아빠가 알 게 됐다, 엄마와 아빠가 마음 아파하는 것을 보니, 아무 이유 없이 샘이 원망스러웠다.

그래 네 말이 맞지. 그런데 엄마와 아빠 마음은... 그래 네가 나중에 부모가 되면 알 게 될 거야... 네가 괜찮다고 하니까. 그렇게 알 게.

아빠는 이렇게 말하고 안방으로 갔다. 아빠의 축~ 쳐진 어깨를 보니, 태풍이는 마음이 아팠다. 그래서 잠시 밖으로 나가기로 했다.

태풍이는 밖으로 나와, 어디로 갈지 잠시 고민을 했다. 뭘 할까? 어디로 갈까? 놀고 싶은 생각도 들지 않았고, 이 시간에 불러내서, 답답함을 이야기할 친구도 마땅히 없었다.

그냥 태풍이는 단지 안에 있는 놀이터에 갔다. 그런데 놀이터에서, 같은 반 이하나를 만났다. 하나는 멍하니 그네에 앉아 있었다. 태풍이도 처음에는 하나인 줄 몰랐다. 만약 앉아 있는 아이가 하나인 줄 알았다면, 아마도 하나 모르게, 다른 곳으로 갔을 것이다. 그네에 가까이 가서야 하나를 발견했다.

아빠를 만난 일로, 엄마와 다퉜던 하나는 3일이 지났지만, 아직도 엄마와 화해를 하지 못했다. 서로에게 서운함이 남아 있어서가 아니라, 엄마도 하나도 어떻게 다가가야 할지 모르고 있었다. 오늘 아침에만 해도, 하나는 자연스럽게 엄마에게 인사를 하려고 준비했지만, 막상 엄마를 보니, 엄마의 눈을 보지 못하고 어설프게 인사를 했다. 엄마도 마찬가지였다. 저녁을 먹고도 엄마와 하나 사이에 어색함을 흘렸고, 이게 불편해서 하나는 밖으로 나왔다. 그네에 앉아, 어떻게 해야 할지 생각하고 있었는데, 갑자기 태풍이와 만나 당황했다. 태풍이의 표정을 보니, 고민이 있는 것 같았고, 하나는 태풍이의 고민이 오늘 학교에서 있었던 일 때문이라고 생각했다.

태풍아 아까 학교에서 은식이가 너에게 잘못한 거야. 은식이가 한 말 무시해버려. 아이들도 은식이가 너무 했다고 생각하고 있어.
하나는 태풍이의 얼굴을 보고, 태풍이가 상처받지 않기를 바랐다. 태풍이는 우연히 만나게 된, 하나가 자기에게 이런 말을 해서 놀랐다. 평소 둘 사이에는 대화가 없었고, 상대가 얼음 공주라고 불리는 하나였기 때문에 더욱 그랬다.
어. 그래. 고마워.
태풍아 무슨 일로 여기 왔니?
어 그냥. 이것저것 생각할 일이 있어서. 그런데 너는?
나도 그냥 나왔어.
하나와 태풍이는 친하지 않은 상대에게, 자신의 속마음을 나타내기가 창피했다. 서로 어색해하며 멀뚱멀뚱 서 있었다. 그러다 갑자기 말했다.
하나야 내가 그네 밀어줄까?
어색한 분위기를 깨야 한다는 생각에 말을 던졌는데, 말을 하고 나서 아차! 싶었다. 자기가 생각해도 너무 생뚱맞았기 때문이었다. 얼굴이 빨개지고 머릿속에서 커다란 종이 댕~ 하고 울렸다.

아니야. 괜찮아. 하하하.

뜬금없이 한마디 하고, 어쩔 줄 몰라 하는 태풍이의 모습을 보니 하나는 웃음이 나왔다.

태풍아. 여기 혼자 있었더니 심심하네. 같이 얘기하면서 걸을까?

어 그래. 내가 음료수 사 올게. 난 콜라 먹을 건데. 넌 뭐 마실래?

같이 얘기하면서 걷자는 하나의 말에, 무엇이라도 해야겠다고 생각하며 태풍이가 말했다. 둥지 마트에 가서, 태풍이는 자기가 마실 콜라와 하나가 고른 환타를 사 왔다.

하나야. 여기.

환타를 주며 하나에게 말했다.

고마워. 우리 이거 마시면서, 엑스포 시민 광장에 갈까? 거기에는 자전거와 보드 타는 사람들이 많이 있거든. 난 그걸 보면, 속이 시원해지더라고. 어때?

그래. 좋은 생각이야.

지금 이곳에서 하나와 얘기하는 모습을 아이들이 보면, 어떤 말이 나올지 몰랐다. 하나의 말대로 엑스포 시민 광장에 가는 것이 좋겠다고 생각했다.

태풍이와 하나는 둥지 아파트에서 나와, 정부 청사를 지나, 엑스포 시민 광장으로 갔다. 샘머리 아파트를 지날 무렵, 태풍이는 뒤에서 누가 쳐다보는 것 같은 싸한 느낌을 받았다. 그래서 뒤를 돌아봤다.

왜 그래? 태풍아 나랑 둘이 가는 걸 누가 볼까 봐. 창피해서 그러니?

태풍이가 갑자기 뒤를 돌아보자. 그 이유를 모르는 하나가 물었다.

하나야! 아니야! 오해하지 마! 누가 뒤에서 우리를 노려보는 싸늘한 시선이 느껴져서 그랬어.

태풍이는 주변을 돌아보고, 아무도 없는 것을 확인한 후에, 엑스포 시민 광장을 향해 걸었다. 그러나 태풍이와 하나는 정부청사 공원에서, 자기들을 노려보고 있는, 몸집이 커다란 흑묘(검은 고양이)를 보지 못했다. 흑묘는 길이가 일 미터 정도이고, 샛빨간 눈동자를 가지고 있으며, 사자의 걸음걸이로, 천천히 태풍이와 하나의 뒤를 따라가고 있었다.

지금 7시 20분인데도 사람들이 많이 있네.

사람들이 모여 있는 모습을 보고 태풍이가 말했다.

난 저녁 먹고 가끔 오는 데, 9시 전까지는 사람들이 많이 있어. 그리고 따뜻해지면, 광장에서 버스킹하는 사람들도 있고,

하나는 태풍이가 잘 모르는 것 같아서, 친절하게 설명을 했다. 태풍이의 표정을 보니, 기분이 조금 풀린 것처럼 보였다.

태풍아. 오늘 네가 은식이의 말을 듣고도, 잘 참는 것을 보니까, 인내심이 강한 아이라고 느꼈어. 나 같으면 쉬는 시간에 은식이를 때렸을 거야. 더구나 네가 힘이 더 세니까.

나는 폭력을 쓰지 않기로, 엄마랑 약속했거든. 사실은... 3학년 때 문제가 있어서, 여기 서원초로 전학을 오게 된 거야.

태풍이는 하나와 이야기하는 동안, 하나의 진심 어린 걱정을 느낄

수가 있었다. 그래서 그동안 친구들에게 말하지 않았던, 3학년 때의 일을 이야기하기 시작했다.

과거의 상처

태풍이는 또래보다 체격이 큰 아이다. 키는 보통이지만 몸이 다부졌다. 그래서인지 운동을 잘 했고, 특히 피구를 자주 했다. 학교에서 점심을 먹은 뒤에는, 친구들과 피구 하는 것을 좋아했다. 그날도 친구들과 피구를 했다.

태풍아 내가 던지는 척하고, 너에게 패스를 할 테니까. 네가 받아서 바로 맞혀라. 알았지?

태풍이와 케미가 잘 맞는 성철이가 작전을 짰다.

알았어. 이번 시합도 잡아보자.

승부욕이 강한 태풍이는 시합에서 이기기 위해 온 힘을 모아, 상대편을 향해 힘껏 공을 던졌다. 그런데 상대편 아이가 상철이와 태풍이의 작전을 알아차렸다. 그 아이는 상철이보다는, 공의 스피드가 빠른 태풍이가 공을 던질 거라고 판단하고, 태풍이를 주의 깊게 살피고 있었다. 생각한 대로, 상철이가 공을 태풍이에게 패스하자, 그 아이는 태풍이에게 멀리 떨어졌고, 태풍이가 공을 힘껏 던지자, 공을 받지 않고 피했다. 공은 뒤로 굴러가, 6학년들이 노는 곳으로 갔다.

야! 이거 뭐야! 어떤 자식이 일로 던졌어! 죽고 싶냐? 응?

6학년인 재식이는 이해심이 부족한 아이이다. 저학년이라면, 6학년이 노는 곳에서는 알아서 피해야 하는데, 어린놈들이 다른 곳으로 가지도 않고, 자기들이 노는 데 방해한다고 생각했다. 그래서 화가 났다. 마침 기분도 좋지 않은데, 잘 걸렸다고 생각하고, 인상을 쓰면서 다가갔다.

어떤 놈이야! 누가 던졌어. 너야!

소리를 지르면서, 아이들의 머리를 쳤다. 이런 재식이의 난폭한 행동에, 태풍이와 아이들은 겁을 먹고, 얼른 사과했다.

미안해 형. 우리가 잘못했어.

겁을 먹은 친구들을 대표해서 상철이가 사과했다. 그러나 재식이는 사과하는 상철이에게 다가가서, 검지를 쫙 핀 채로 상철이의 이마를 밀었다.

너 몇 학년이야? 개념이 없어. 형들 노는 거 안 보여. 또 이런 일이 생기면, 그땐 뚝배기 깬다.

재식이는 웃으면서 말하고, 보란 듯이 공을 학교 밖으로 차 넘겼다. 이런 일을 처음 당한, 상철이는 무섭기도 하고, 창피하기도 했다. 눈물이 흘렀다. 그런데 재석이는 눈물을 흘리는 상철이를 향해, 삿대질하며, 남자 새끼가 운다고, 약을 올렸다. 이 모습을 지켜본 태풍이는, 다른 아이들처럼, 재석이의 난폭한 행동에 겁을 먹고 가만히 있었지만, 상철이가 모욕을 당해 눈물을 흘리는 것을 보자, 화가 났다. 그래서 재석이에게 대들었다.

형! 동생한테 왜 이래? 담임쌤에게 이를 거야. 이거 학교 폭력이야.

화가 난 태풍이가 상철이를 데리고 교실로 돌아가며 말했다.

뭐야? 버릇없이. 이 새까만 자식은?

재석이는 돌아가는 태풍이의 뒤통수를, 손바닥으로 밀치며 말했다. 이어서, 태풍이의 얼굴을 찬찬히 보더니,

야! 너희 엄마나 아빠 중에 동남아에서 온 사람 있지? 이거 동남아에서 와서 그런가? 예절을 모르네. 하하하

재식이는 태풍이를 조롱하며 비웃었다. 그리고 이어서

야! 니네 아빠가 엄마를 돈 주고 데려온 거 아니야? TV 보니까, 결혼 못한 남자들이 베트남이나 캄보디아에 가서, 돈 주고 여자들을 데리고 오던데.

눈을 째지게 뜨고, 태풍이의 머리를 때리려고 했다. 태풍이는 재식이의 막말을 듣고 너무 화가 났다. 재식이는 자기뿐만 아니라, 사랑하는 엄마와 아빠에게까지 막말을 했기 때문이다. 순간 태풍이는 이성을 잃고, 자신의 머리를 때리려고 하는, 재식이의 팔을 잡아 엎어치기를 했다.

철퍼덕~

태풍이가 정신을 차려 보니 재식이는 땅에 엎어져서 윽~ 하는 소리를 내고 있었고 머리에서 피를 흘리고 있었다. 그제서야 태풍이는 자신이 무슨 일을 벌였는지 알았고, 어찌할 줄을 몰라, 울기 시작했다.

태풍이 엄마와 재석이 엄마가 학부모실에 앉아 있었다. 서로 이야기를 하고 있었는데, 일방적인 상황이었다. 한쪽은 화를 내고, 다른

한쪽은 굽신거리며, 상대방의 화를 받아주고 있었다.

아니! 우리 아이 어떻게 할 게에요! 오른쪽 팔은 금이 갔고, 머리는 찢어져서, 열세 바늘을 꼬맸어요. 흠~ 생각만 하면 몸이 떨리네요. 아이에게 어떻게 교육을 했길래. 한국에서 이런 일은 있을 수 없는 일이에요.

죄송합니다. 입이 열 개라도 할 말이 없습니다.

태풍이 엄마는 연신 고개를 숙이며, 용서를 구했다. 태풍이는 이 모습을 보니, 가슴이 아팠다. 아무 잘못도 없는 엄마가 무엇 때문에, 이런 수모를 당해야 하는지... 엄마에게 너무 미안했다.

아주머니, 죄송합니다. 제가 잘못했어요. 엉엉~

태풍이가 사과를 하자, 재석이 엄마는 태풍이에게 분풀이를 했다. 아이가 커서 뭐가 되려고 벌써부터 이러냐는 둥, 이래서 다문화가정 아이들이 학교에 있으면 안 된다는 둥. 어린 태풍이의 가슴을 후벼파는 말을 계속해서 이어갔다. 그런데 태풍이는 오히려 마음이 편했다. 왜냐하면 자신이 욕을 먹는 동안에는, 엄마가 편해진다고 생각했기 때문이다.

얘! 근데. 너 태도가 왜 이러니? 너 반성하고 있는 것 맞니? 표정을 보니, 전혀 미안해하는 기색이 없는데. 얼굴이 까매서 그런가? 반성하고 있는지 느껴지지 않네.

태풍이는 이 말을 듣고, 재석이 엄마에게 무릎을 꿇었다.

정말 죄송합니다. 제 잘못입니다. 형에게도 사과할게요.

태풍이의 모습을 본 재석이 엄마는 고개를 돌리며, 태풍이를 외면했고, 태풍이 엄마는 가슴을 잡고 눈물을 흘렸다.

드르르륵 ~

태풍이의 담임쌤과 상철이 엄마가 들어왔다. 두 사람은 태풍이의 엄마와 태풍이가 재석이 엄마에게 사과하는 동안, 이 일에 대해 알아보기 위해, 아이들을 만나 이야기를 들었다. 이를 통해 재석이의 잘못에 대해서도 알게 됐다. 그래서 태풍이와 태풍이 엄마를 도와주고, 재석이 엄마에게 항의하기 위해 들어온 것이다. 쌤과 상철이 엄마를 본, 재석이 엄마는 당황했는지. 태풍이에게 왜 이러냐고, 누가 시켰냐고 빨리 일어나라고 차갑게 말했다. 그리고 이 일은 그냥 넘길 수 없다며, 경찰서에 신고하고, 학폭위를 열겠다고 했다.

두 분은 누구시죠?

무릎을 꿇고 있는 태풍이를, 가슴 아픈 표정으로 보고 있어, 이들이 태풍이 편이라고 생각했다. 그래서 재석이 엄마는 담임쌤과 상철이 엄마의 등장이 못마땅했다.

네. 안녕하세요. 저는 태풍이 담임이고, 옆에 계신 분은 상철이 어머니입니다.

그런데 여기는 왜 오셨죠?

네. 제가 조금 전에, 재석이와 태풍이와 함께 있었던 아이들을 만나서, 어떻게 된 일인지 물었거든요. 그 일을 전해 드리려고 왔습니다.

쌤은 아주 정중한 태도로, 재석이 엄마에게 자세히 설명을 해주었다.

재석이가 우리 아이를 때리고, 모욕을 줬다고 해요. 이걸 본 태풍이가 말리려고 나서다가, 이런 불상사가 생겼답니다. 조금 전에 학부모실 밖에서 들으니, 재석이 어머니께서 태풍이를 경찰서에 신고하고, 학폭위를 열겠다고 하셨는데, 저도 가만히 있지 않겠어요. 재석이가 우리 아이에게 한 일을 용서할 수 없네요. 아이 교육을 어떻게 하신 건지? 그리고 그때 재석이에게 당했던 아이들의 부모님들께도, 제가 직접 연락해서, 같이 대처할 겁니다.

담임샘과 상철이 엄마의 얘기를 들은, 재석이 엄마는 당황했는지, 어쩔 줄을 몰라 했다. 그리고 담임샘과 상철이 엄마의 이야기를 그대로 믿을 수 없으니, 자신이 따로 알아보겠다고 말하며, 오늘은 일단 돌아가겠다고 했다. 재석이 엄마가 돌아가고, 태풍이와 태풍이 엄마, 상철이 엄마, 담임샘. 이렇게 네 사람이 남았다.

태풍이 어머니~ 너무 걱정하지 마세요. 재석이가 많이 다쳤지만, 재석이 잘못도 있고, 태풍이가 평소에 학교에서, 바른 생활을 한 아이니까, 일방적으로 내몰리지는 않을 겁니다. 그리고 저도 힘써 도와드릴게요. 전 이만 가 보겠습니다.

네. 선생님 감사합니다. 뭐하고 감사를 드려야 할지 모르겠네요.

태풍아 네가 우리 상철이 도와주려고 한 거, 다 알고 있다. 아줌마는 너무 고맙다. 또 네가 이렇게 고생하는 걸 보니 미안하다. 아줌마도 끝까지 도와줄게. 그리고 너무 자책하지 마라. 살다 보면 우리가 의도하지 않는 사고가 일어나기도 하더라. 아줌만 네가 재석이에게 일부로 그랬다고 생각하지 않아. 너를 걱정하고 응원하는 친구들이 많이 있어.

상철이 엄마는 이렇게 말하고 태풍이를 꼭 안아주었다. 그리고 태풍이 엄마를 위로해주었다.

담임샘과 상철이 엄마가 적극적으로 나서서 도와주는 바람에, 재석이와의 일은 잘 마무리가 되었다. 재석이 엄마도 재석이가 잘못한 게 많다는 것을 알았고, 그 일로 인해 중학교 생활이 문제가 될 것을 걱정했다. 그래서 경찰서에 신고하지도 않았고, 학폭위를 열지도 않았다. 그러나 태풍이에게 아무 일도 일어나지 않은 것은 아니었다. 재석이가 많이 다쳤기 때문에, 그냥 넘어갈 수 없었다. 결국, 이 일로 태풍이는 서원초등학교로 전학을 오게 됐다.

하나의 비밀

그런 일이 있었구나! 너도, 너희 부모님도 마음의 상처를 크게 받았겠구나...

태풍이의 이야기를 들은, 하나는 태풍이가 생각보다 강하고, 정직한 아이라고 생각했다. 그리고 자신의 비밀을 이야기해도, 믿을 수 있는 친구라고 생각했다.

사실은 나도 마음 아픈 일이 있었어. 걸으면서 이야기할까? 저쪽에 무대를 세우고 있네. 내일 공연이 있나 봐, 저기 가 보자.

화려하게 세워진 무대를 향해서, 하나와 태풍이는 걸었다.

우리 엄마와 아빠는 이혼했어. 난 엄마와 아빠 모두 사랑하거든. 그래서 마음 아픈 일이 한두 개가 아니야.

어... 그래?

갑작스런 하나의 고백에, 태풍이는 어쩔 줄 몰랐다.

친구들은 내가 엄마와 아빠에게, 비싼 선물을 받으니까, 행복한 줄 아는데... 사실은 그렇지 않아. 그리고 내 일은 아니지만... 엄마 아빠가 이혼한 게 부끄러워서, 친구들에게 말하지 못하고 있어. 수업 중에, 가족 이야기가 나오면 걱정부터 되고, 무슨 말을 하려고 할까? 하면서. 누가 그러더라 비밀이 있으면, 떳떳하지 못하다고. 난 그 말을 몸으로 느끼고 있어. 얼마 전에 내 생일이었는데, 엄마와 다퉜어. 내가 엄마에게 말하지 않고 아빠와 있었다고, 엄마가 화를 냈거든. 그 일로 지금까지 엄마와 어색한 상태로 지내고 있어.

태풍이는 하나의 이야기를 듣고 위로를 해주고 싶었지만, 무슨 말을 해야 할지 몰라서, 가만히 이야기를 듣고 있었다. 무대에 도착한 하나는 무대에 걸터앉았고, 태풍이도 하나 옆에 앉았다.

내가 갑자기 이런 얘기 해서 부담스럽지?

아니야. 네가 얼마나 힘들었을지를 생각하니까... 내 말이 위로가 될지 모르지만, 너의 엄마도 너를 엄청 걱정하고 계실 거야. 그리고 너를 이해하실 거야. 단지 어색함을 풀 계기를 만들지 못해서 그런 거지. 네가 아무렇지 않게 이야기를 시작하면, 엄마도 그렇게 대하실걸. 나도 3학년 때, 그 일을 겪고 나서, 한동안 어색하게 엄마와 지냈는데, 어느 날 "엄마 배고파~ 밥 줘!"라는, 그 말 하나로 풀리더라고.

이렇게 둘이 이야기하고 있는 순간, 태풍이와 하나의 뒤를 쫓아오던 흑묘가 어느 순간 나타나, 은밀히 나무를 타고 꼭대기에 올랐다. 나무 위에 앉자, 두리번거리며 광장 안을 살폈다. 그리고 태풍이와 하나를 발견한 후, 무대 위에 걸린 조명 장치를 향해 소리 없이 뛰어왔다. 이어 날쌘 동작으로 오른발의 날카로운 발톱을 세워, 조명 장치를 고정하고 있는 줄을 끊었다. 쉭~하는 소리와 동시에 조명 장치가 하나의 머리로 떨어졌다. 이때 조명 장치의 줄이 끊어지는 소리를 들은, 태풍이가 고개를 젖혀 위를 쳐다보다, 하나를 향해 떨어지고 있는 조명 장치를 발견했다. 태풍이는 본능적으로 하나를 지켜야 한다는 생각으로, 자신의 몸을 날려 하나의 몸을 감쌌다.

하나야!

엄마~

조명이 태풍이와 하나의 몸으로 떨어지는 순간, 태풍이와 하나의 뒤에서 "바람"이라는 큰 소리가 들렸고, 조명 장치는 사람들이 없는 무대 뒤쪽으로 날아갔다.

쿵!!! 젠장 실패했다!

무대 뒤에 숨어, 다음 공격을 준비하고 있던 흑묘는, 조명을 날려 보낸 이가 풍백임을 알아봤다. 그리고 싸울 생각을 하지 못하고, 한밭수목원의 동원을 향해 도망갔다.

획~ 획~ 획~

바람을 가르며, 흑묘는 소리 없이, 동원을 향해 뛰어갔다.

순돌아! 막아라!

동원 입구엔 어느새 나타난, 흰 개가 입구를 막고 있었다. 흰 개는 사자 만한 몸집에 자세를 낮추고, 흑묘를 향해 으르렁거렸다. 흰 개를 발견한 흑묘는 당황해하며 머뭇거렸다.

어딜 도망가려고. 번개! 우르르~ 꽝!

카랑카랑한 소리가 들리고, 하늘에서부터 내린 커다란 번개가 흑묘의 몸을 때렸다.

큭~ 극~ 윽~

번개에 맞은 흑묘는 몸을 부르르르르~ 떨더니, 한 줌의 먼지로 사라졌다.

이제 괜찮다. 하나야, 태풍아 정신 차려라.

다부진 체격의 눈썹이 짙은 할아버지가 정신이 멍해 있는 하나와 태풍이를 안심시켜 주었다.

하나야! 어디 다친 데 없니?

태풍이는 하나의 상태를 걱정하며 물었다.

어 괜찮아. 그런데 너...

하나는 머리를 쓸어올리며 고개를 든 순간, 태풍이의 팔꿈치에서 피가 흐르는 것을 봤다. 태풍이가 자기를 지키려다 다쳤다고 생각하니, 고맙고 미안해서 눈물이 나왔다.

태풍아 너 팔에서 피 나. 어떡해. 흑흑흑...

어디? 아 조금 까졌네. 그렇게 아프진 않아. 걱정하지 마. 그런데 이게 어떻게 된 거지?

무슨 일이 벌어졌는지, 궁금한 표정을 지으며 주변을 둘러봤다.

너희들 괜찮으냐? 줄이 끊어졌는지, 조명 장치가 갑자기 떨어졌는데, 바람이 불어서 다행히 무대 뒤쪽으로 날아갔다. 그대로 맞았으면 큰일 날 뻔했어. 그런데 태풍아. 너 참 용감하구나! 그 와중에도 하나를 보호하려고 하다니...

네. 그런데 할아버지 저희 이름을 어떻게 아세요?

음~ 여기 지나가다가, 너희들이 얘기하는 걸 들었다. 다친 곳이 없는지 살펴봐라.

자상한 할아버지의 말에, 하나와 태풍이는 이곳저곳을 살펴봤다.

저는 괜찮아요.

네. 저도 여기 조금 상처 난 거 빼고는 괜찮습니다.

할아버지는 작은 가방에서 휴지와 밴드를 꺼내셨다. 그리고 태풍이에게 붙여주라고 하나에게 주셨다. 하나는 휴지로 태풍이의 상처를 닦고, 밴드를 붙였다.

태풍아. 이제 됐어. 상처 덧나지 않게 잘 관리해.

고마워. 하나야.

멍멍! 멍멍!

그때, 흰 강아지가 하나를 보고 달려와 기분 좋게 인사했다.

어! 순돌이네. 순돌아 잘 있었어? 으구~ 예쁜 것~

하나는 순돌이의 머리를 쓰다듬으며, 인사했다. 그리고 뒤에 오는 순돌이 할아버지를 보았다.

안녕하세요. 할아버지.

그래, 괜찮니? 뭐가 떨어지던데, 큰일 날 뻔했구나!

애들이 괜찮다고 합니다.

다부진 체격의 할아버지가 순돌이 할아버지에게 말했다.

그래요. 다행입니다.

두 분이 서로 아세요?

그래, 오랫동안 알고 지냈지. 2000년이 넘었으니. 허허허.

그러네요. 허허허.

하나는 두 할아버지의 대화를 이해할 수 없었다. 아재 개그를 넘어서, 할배 개그를 하고 있다고 생각했다.

할아버지. 저희 순돌이랑 잠시 놀아도 될까요?

그래, 순돌이도 너희와 노는 걸 좋아할 거 같구나.

하나와 태풍이는 순돌이와 광장에서 재미있게 놀았다. 그네도 타고, 시소도 타고, 뺑뺑이도 탔다. 특히 태풍이는 오랜만에 친구와 노는 것이라 너무나 즐거웠다. 어느덧 집에 갈 시간이 돼서, 두 할아버지께 인사를 했다.

할아버지 오늘 감사했어요. 이제 집에 갈게요. 안녕히 계세요.

그래 잘 가거라. 그런데 태풍아. 너의 용기 있는 모습이 기특하구나. 이 할아버지가 조그마한 선물을 주고 싶은데...

다부진 체격의 할아버지는 대견해 하며, 주머니에서 목걸이를 꺼내, 태풍이에게 주셨다.

이걸 가지고 있으면, 너는 더욱 용감한 사람이 될 거다. 허허. 잘 사용하거라.

할아버지의 말이 끝나자, 하나가 이 목걸이를 보고

이거 신기하게 생겼는데, 이 무늬는 바람에 흔들리는 풀들을 형상화한 것 같아. 뭔가 신비한 힘이 담겨 있는 거 같은데.

하나가 신기한 눈으로 목걸이를 바라보자, 태풍이도 목걸이에 대한 관심이 생겼다.

갑자기 선물을 주셔서 당황했는데, 귀한 물건 감사히 받겠습니다.

순돌이 할아버지. 저에게도 목걸이를 주셨잖아요.

하나는 자기의 목걸이를 꺼내 봤다.

처음엔 몰랐는데, 제건 하늘에서 비가 내리는 모양이네요.

그래, 맞다. 하나와 태풍이는 잘 들어라. 태풍이는 더 용감한 사람이 되길 바라고, 하나는 냉철하지만 따뜻한 마음을 가진 사람이 되길 바란다. 이 목걸이는 귀한 물건이니, 몸에 항상 지니고 있어라. 그럼 잘 가거라.

하늘님과 인연이 닿은 준.

운사와 인연이 닿은 지혜.

우사와 인연이 닿은 하나.

풍백과 인연이 닿은 태풍

이들이 혼돈의 무리에 맞서, 사람들의 행복을 어떻게 지켜낼지...

앞으로의 일들이 궁금해진다.

십이지신과 셜록 수사대 제1권 신들의 후예

발행	2022년 03월 22일
저자	김태윤
펴낸이	한건희
펴낸곳	주식회사 부크크
출판사등록	2014. 07. 15(제2014-16호)
주소	서울특별시 금천구 가산디지털1로 119 A동 305호
전화	1670-8316
E-mail	info@bookk.co.kr
ISBN	979-11-372-7774-8

www.bookk.co.kr

ⓒ 김태윤, 2022
본 책은 저작자의 지적 재산으로서 무단 전재와 복제를 금합니다.